KB120054

바람과
그리움

바람과 그리움

초판 1쇄 발행 2024년 9월 1일

지 은 이 이한길
발 행 인 권선복
편   집 권보송
디 자 인 김소영
전 자 책 서보미
발 행 처 도서출판 행복에너지
출판등록 제315-2011-000035호
주   소 (07679) 서울특별시 강서구 화곡로 232
전   화 010-3993-6277
팩   스 0303-0799-1560
홈페이지 www.happybook.or.kr
이 메 일 ksbdata@daum.net

값 22,000원
ISBN 979-11-93607-49-7 (03810)

Copyright ⓒ 이한길, 2024

여명의 시 제3집

바람과
그리움

시와 당신에게

이한길 詩集

도서
출판 행복에너지

시(詩)는 한 사람이 걸어온 아름다운 여정이며 작은 꿈이
며 간절한 기도입니다.

어쩌면 신앙처럼 다져져 굳은 생의 사랑 같은 것인지도
모릅니다.

유사 이래 이 세상에는 수많은 시인들과 시들이 인구에
회자(膾炙)하고 있습니다.

잊혀진 무명시인들과 사장(死藏)된 시들은 또 얼마나 많
을까요?

타고난 것처럼 천부적으로 시를 잘 쓰는 사람도 있지만,
나는 그렇지 못합니다.

마치 낙서처럼 쉽게 써지는 시도 간혹 있지만, 대부분의
시는 장고(長考)의 시간이 필요하고 여태껏 쓰지 못한 시도
너무 많습니다.

간혹 시는, 신께서 내게 주신 영원히 풀 수 없는 난해한
숙제 같습니다.

더 각고의 노력과 더 피나는 습작을 부지런히 하라는 신
의 뜻인지도 모르겠습니다.

여명의 시 제1집과 제2집에는 총 열여섯 분께서 쓰신 세
상에 단 한 편뿐인 시평과 추천글이 주옥처럼 빛나며 나의
시들을 비춰줍니다.

그분들의 신앙 같은 사랑으로 나의 시들이 시나브로 빛을 발산합니다.

　　그분들 덕분에 나는 날마다 사랑과 감사의 시를 찾아 행복한 방랑을 합니다.

　　다시 한번 이 지면을 빌려 그분들께 인생 최고의 감사와 경의를 표합니다.

　　그리고, 언제나 지극정성으로 나의 모든 시들을 정리해주고, 아낌없는 격려와 넘치는 사랑으로 지금의 나를 있게 한 내 삶의 영원한 동반자 제 아내에게 여명의 시 제3집 『바람과 그리움』을 바칩니다.

　　늘 사랑입니다.

　　늘 감사입니다.

　　그리고 늘 은혜로움입니다.

2024년 한여름에 이한길

여명의 詩는 아름다운 철학이다

여명의 詩 제2집에 실린 「섬」이라는 詩의 일부를 옮겨 적는다. "나 섬하나 가지고 사네/ 금세/ 추억의 새가 날아 오르고/ 인생의 뒤안길에서/ 이제 막 돌아온/ 그리운 동무들이 소풍 나와/ 재잘거리는 곳/ 어느새/ 너는 예쁜 소녀/ 나는 아름다운 소년이 되는/ 고독한 섬 하나/ 나 가지고 사네"

시인 여명은 섬에서 산다. 나는 그 섬을 희망의 빛이 서린 순수섬이라는 뜻에서 여명도(黎明島)라고 부른다. 늙은 어부는 바다에서 돌아와 그물을 손질하며 하루를 마감한다. 시인 여명의 삶도 늙은 어부의 삶과 같다. 고된 노동으로 아침을 열고, 아름다운 詩로 저녁을 닫는다. 그는 신풍자원이라는 자원재생회사에서 일한다. 참으로 고마운 회사이고 성실한 노동자다.

그는 어려서부터 아버지를 대신하는 장남으로서의 무게를 짊어진 채, 평생을 살아왔다. 그는 앞만 보고 달렸어도 늘 뒤가 있었다고 고백한다. 그의 詩에서 듬뿍 묻어나는 깊은 고독은 그 지난(至難)했던 삶에 뿌리를 두고 있다. 그는 詩를 통해서 고독감(孤獨感)을 고독력(孤獨力)으로 승화시킨다.

그 섬에는 늘~ 바람이 분다. 바람은 불규칙한 흐름을
타고 삶의 모든 정서들을 시인 여명의 마음속으로 실어
나른다. 시인은 뻘에서 조개를 캐내듯이 아름다운 詩語
들을 골라 담아 詩를 엮는다. 그것은 그에게 옹달샘에 얼
굴을 묻고 샘물을 들이키는 것처럼 건강하고 즐거운 일
이다. 그것은 그가 수많은 詩를 지침 없이 내놓을 수 있
는 천재적 재능의 원천이다.

　　여명의 詩는 아름답다. 예쁘다는 뜻이 아니라 지극히
순수하다는 뜻이다. 우리는 나이 들었다는 이유로 사회
에서 등 떠밀려 큰 소외를 경험하기 일쑤이다. 이럴 때
정체성의 흔들림으로 인하여 마음이 공허해지면서 어린
시절이 그리워진다. 다시 한번 순수했던 나를 되찾고 싶
지만 그건 어려운 일이다.

　　내 안에서 이미 커질대로 커져버린 탐욕스런 에고(Ego)
가 나를 지배하기 때문이다. 그래서 나는 그 대안으로 여
명도(黎明島)를 찾는다. 시인은 60대 중반의 나이에도 어
머님 앞에서 재롱 춤을 추는 순수한 사람이다. 나는 그의
詩를 음미하면서 순수의 時空間에 잠시라도 머무를 수
있어 행복하다.

　　그는 詩를 통해 삶의 고난과 역경 앞에 무너지지 않을

수 있었다. 그러므로 詩 속에 그의 인생철학이 오롯이 담겨 있다. 인생철학이란 체험으로부터 얻은 삶의 지혜와 가치관을 말한다. 그의 흔들리지 않는 일관된 인생철학은 감사와 사랑이다. 그것은 모든 詩에서 공통으로 흐르고 있는 중심적인 정서이다. 그는 일상생활에서도 늘 감사와 사랑이 체화(體化)된 삶을 살고 있다.

진리는 모든 사람들이 인정하는 삶의 이치이다. 감사와 사랑은 진리이다. 진부하고 단순하게 들릴 수도 있겠지만, 체험으로 이해하고 실천할 때만이 그 깊은 뜻을 알 수 있게 된다. 감사는 일상을 색다른 눈으로 바라보며 그 속에서 즐거움을 찾는 힘이다. 사랑은 주변에 있는 모든 사람과 물건을 소중히 대하는 힘이다. 불안의 이면에 감사가 있고, 고독의 이면에 사랑이 있다. 범사에 감사하고 사랑할 줄 아는 삶의 지혜가 행복한 나이듦의 비밀이다.

시인 여명은 술을 무척 좋아한다. 나는 이제 그가 술을 끊었으면 좋겠다. 시인에게 술을 끊으라는 것이 가혹한 주문인지는 모르겠다. 나는 그가 건강 장수하면서 일본의 유명 시인 시바타 도요가 그랬던 것처럼, 뒤늦은 나이에라도 드높게 비상(飛上)하는 멋진 모습을 꼭 확인하고 싶다. 술을 끊으면 질감이 전혀 다른 차원의 색다른 재미와 평화로움이 생긴다. 이런 느낌이 詩를 쓰는데 있어서 새로운 연료로 작용할지도 모르는 일이다.

　끝으로, 도서출판 행복에너지 권선복 대표님께 존경과 감사의 인사를 올린다. 그는 젊은 시절에 자신의 책을 출간하려다가 모든 출판사로부터 거절 당했던 경험이 있다. 그것이 출판사 설립의 계기가 되었고, 지금까지 700명 이상의 훌륭한 작가들을 배출했다. 또한 군부대와 복지관 등에 수십만 권의 책을 기부하며 사회에 선한 영향력을 끼치고 있다. 그는 이한길 시인의 천재성을 간파하고 열정을 다하여, 이번에 여명의 詩 제3집 『바람과 그리움』을 출간하게 되었다. 부디~ 두 분의 멋진 인연이 거듭되어서 백만 베스트셀러라는 새로운 꿈의 실현으로 꼭 이루어질 수 있기를 진심으로 기원한다.

2024년 여름

신중년연구소장 **최주섭** 씀

여명의 시는 무공해 시(詩)

나이 든 윤중로 벚꽃이 시들어 갈 무렵, 서울에서 여명 시인을 다시 만난 것도 지하철역 부근이었습니다.

이번에는 성림 최주섭 친구의 주선으로 여명의 시집 제3집에 대한 의견을 나누었는데 기대했던 바대로 여름에 셋째를 만나게 되었네요.

지난 3월 초 여명 시인의 고향인 홍천 문화센터에서 '여명 시인과 독자들의 만남'의 시간을 가졌습니다. 여명 시인의 사인회와 강정식(전 홍천예총회장. 문인협회장) 님의 축사, 풍당풍당문화센터의 축하공연, 시낭송 등 그야말로 감동의 연속이었습니다. 여명 시인이 너무 좋은 나머지 자진해서 꾸물꾸물 춤(?)을 선보였는데 진행을 하면서도 웃지 않을 수 없었습니다.

그도 그럴 것이 일흔이 가까운 나이에 꿈에 그리던 고향의 한가운데에서 이렇듯 뜻깊은 자리가 마련될 줄은 미처 몰랐기 때문에 감사의 마음을 서툰 몸짓에 담아서 투박하지만 순수한 자신의 무공해 시를 율동으로 표현한 것이라고 생각됩니다.

이 기회에 도움 주신 모든 분들께 다시 한 번 감사드리며, 기회가 주어진다면 여명 시인이 가장 좋아한다는 박

인환 시인의 '목마와 숙녀'라는 시낭송도 직접 듣고 싶습
니다.

　여명 시인이 지금도 거의 매일 시를 쓰는 것은 그가 좋
아하는 곡차보다도 시를 더 사랑하기 때문이며, 단 하루
라도 시를 떠나서는 살 수 없을 터이므로 늦게 출간한 나
이테만큼 앞으로도 더 자주 여명의 시를 만날 수 있기를
소망하면서 시인의 건강과 성필을 빌어 봅니다.

2024년 여름 홍천

강무섭

나도 이제 부자이옵니다

어느 날 갑자기 내가 부자가 되었습니다
아무리 나누어 주어도
부족하지 않을
부자가 되었습니다.

그런데

나 보다도 더 큰
부자가 있습니다.

그 님이
사랑한다는 말을 아무리 남발해도
매번 그 말이 진심인 것을 느낍니다.

감사하다는 말을 늘 듣지만
매번 그 말이 진심인 것을 느낍니다.

그립다는 말을 언제나 듣지만
매번 그 말이 진심인 것을 느낍니다

매번 남발해도
부족하지 않게
그것을 다시 채워주는 샘이
그 님의 가슴에 있는 것 같습니다.

그 님은 정말 큰 부자입니다.

원래 부자였던 님의 덕에
나도 이제
부자가 되었습니다.

이번 3집을 대하는 모든 이들도
큰 부자가 되기를 기원합니다.

2024. 7. 1
아우 **최중욱**

여명 그는,

묵묵히 인내하는 사람입니다.
사랑이 충만하며, 늘 기도하고, 감사하는 마음으로 사는 사람이지요.
심성이 착하고 따뜻한 사람, 정이 많아서 눈물도 많답니다.
꽃을 좋아하고, 별과 달을 그리워하는 사람,
힘든 노동에도 일할 수 있어 너무 행복하다고 말하는 사람,
함께하는 것만으로 위로와 행복이 되는 사람입니다.
새벽 출근길에 제비새끼들을 관찰하고 이소 소식에 기뻐하며,
몽촌토성 철쭉꽃들과도 기꺼이 인사 나누고 안부를 묻습니다.

그는 천상 시인입니다.
시를 쓰는 일이 자신에게 주어진 사명이라고 믿는 사람이지요.
그의 믿음이 여명 시집 제1집 『바람이 바람에게』와 제2집 『나는 부자이옵니다』에 이어 제3집 『바람과 그리움』을 출간하는 결실을 이룬 것입니다.

그와 희노애락 40년을 함께한 동반자로서, 동지로서
정말 자랑스럽고, 존경하는 마음 가득 담아
제3집 출간을 진심으로 축하드립니다.

2024년 7월 **김정선**

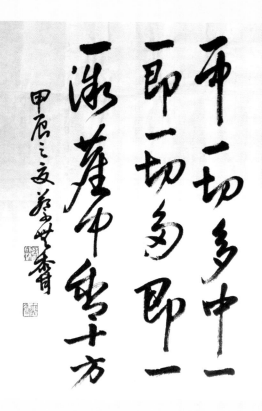

一中一切多中一(일중일체다중일)
一卽一切多卽一(일즉일체다즉일)
一微塵中含十方(일미진중함시방)

하나 속에 일체 있고 일체 속에 하나 있어
하나가 전체이고 전체가 곧 하나이다
하나의 작은 티끌이 우주를 머금고.

위 글은 신라의 의상대사께서 지은 7언 30구 210자의
깨달음의 시인 법성게 일부를 **무향서예연구원 채성수 원장님**께서
여명의 시 제3집 축하 휘호로 써 보내 주셨습니다.
무량 감사드립니다.

15

목차

오늘

아침에

내 영혼이 그대의 영혼에게 반갑게 인사합니다.

점심에

내 사랑이 그대의 사랑에게 공손히 절합니다.

저녁에

내 마음이 그대의 마음에게 간절히 기도합니다.

2019. 5. 10.

정 (情)

이 세상 다른 언어의
표현은 없네.

신선께서 취해 노닐다가 가신 저 구름과
미치도록 아름다운 노을 사이에서

내가 비명처럼 한 사람의 이름을 불렀다면
그리고 그 옆을 스쳐간

숱한 과거와 어제 그리고 오늘
사이의 남과 여

그리고 내일 미래의 그 사람을
지금도 그리워한다면

딱 정이네.

2018. 8. 11.

행복

아침 출근길에 그대를
잠깐 생각했네요.

옛날 그대와 나의
아름다운 날이
생각나서요.

잘 사나요.
안녕이란 인사도 못하고
가끔은 울컥하고 그립네요.

삶이 다 그래요.
돌아서면 보고싶고
후회하고 나는 어떡하라고.

저녁 퇴근길에
잠깐 생각했네요.

서로 무심한 그대와 나의

아름다운 날이
생각나서요.

그래도 난 그 순간만큼은
너무 행복했네요.

2019. 4. 3

인생

기도할 수 없다면
찬양하라.

당신의 신께
감사하며
아예 서툴든 익숙하든
진심을 다해
간절히 노래하라.

백 살도 못살고 가는
짧은 인생길이
아름다울 수 있도록
후회없이 사랑하자.

그리고 오늘도
내가 만난 귀한 인연과
내가 모르는 수많은 사람들이
행복할 수 있도록
기도하자.

우리 모두
예쁘게 늙어가자.

2021. 11. 7.

시 (詩)

너의 말과
너의 얼굴로
너의 몸짓으로
너의 생각과 너의 사랑으로

아침과 저녁이 있네.

너의 노래와
너의 손짓과
너의 심장으로
너의 술과 너의 숨결 사이에

별이 꽃이 있네.

너의 간절함과
너의 봄
너의 첫눈
너의 고달픔 사이 사이에

나의 기도도 있네.

다 사랑이네.

2019. 3. 13.

그 여자의 시

1
이 세상이 아무리 시끄러워도
가는 세월이
너와 나의 이름을
자꾸 지워도

2
들꽃 피는 싱그러운 들녘
강가를 걸을 때
한 걸음마다 왔을
그 여자의 시를

첫사랑 뛰는 가슴 없이
연꽃처럼
연꽃처럼
고요히 피는
그 여자의 시를
나는 좋아한다.

3
바람이 불고
그 바람으로 오는 그리움을
읽고 쓴
그 여자의 시는
쓰레기더미 옆에서도
화사히 잘도 피는
정(情)이 가는 꽃 한송이.

우주를 안고 놀다가도
금새
그녀의 가장 은밀한 곳
집으로 돌아오는
나 하나의 언어로 쓰여진
그 여자의 시는
나의 시는 복(福)이 없다 말하지 않는다.

4
생명을 사랑하고
이웃에게 기쁨이 되고
수많은 사람에게 행복을 주는

향기 없으나
할머니 마음속 내음이 나는
그 여자의 시는
너무 아름답다.

5
종종 가슴을 파고드는
그 여자의 엄청난 시어(詩語)는
어디서나 빛나는
그 여자의 외로운 뒷모습은
또 어디에서 왔을까.

2023. 4. 5

길

길을 가다
두 갈래길을 만났습니다.

길을 가다
골목길도 만났습니다.

길을 가다
길을 가다
사랑하고 이별하였습니다.

길을 가다
길을 가다
웃고 울었습니다.

잠시 헤매이다
돌아가는 길을 만났습니다.

2020. 1. 19

벽

하늘과 땅 사이 늦은 밤
홀로 서 있다.

가끔은 사연있는 사람들이 지나가고
바람이 불었다.

동서남북(東西南北)이 흐릿할
바로 그때쯤엔 참
서울의 밤 하늘에는 별 하나 없다.

뒷집은 팔 하나 벌리면
좌측집은 담 하나 사이
우측집은 이보 반
앞집은 다섯보 사이에 살아도 늘 모르는 체

하 숨이 차
저 벽에 차라리 내 머릴 찧고 싶어.

가끔은 이층에 사는 형님뻘이 아는체는 하지만

32

일일(日日)이 소설(小說)을 써야 하는 난 매양 외롭다.

그래도 잠 못이루는 밤에는
살짝 기댈 수 있는 전봇대의 가로등이 꼭 내 연인같아.

이웃의 정(情)에 목말라 그 아래서
지지리도 고독해하던 한 사람에게도 언젠가는
저 놈의 벽을 뚫고 나오는 날 오겠지.

벽과 벽 사이
아직 내 따뜻한 가슴이 살아있는 한

똑같은 삶
똑같은 일상의 그

꿈과 지금의 틈새다 짓다 만 허상(虛想)의 찬란한 집도
내가 먼저 웃으며 신나게 부숴버리는 날
어서 오겠지.

하지만 오늘의 기도는 너무 답답해
하 숨이 막힌다.

2013. 1. 20.

날마다 웃음

늘 오늘입니다.
내일 일은 모르니까요.

그 사람의 얼굴
그 사람의 미소
그 사람의 말

그 사람의
간절한 기도처럼 사는

늘 오늘입니다.
내일 일은 누구나 모르니까요.

아침 거울속의 나는
참 못생겼습니다.

혼자 웃는 일도 행복의 첫걸음이라
자꾸 연습을 합니다만

하지만 세상에서 가장 어려운 일이
가장 쉬운 일이
웃음인 것을

저 황금빛 보름달을 쳐다보다
혼자 웃습니다.

삶이 다 오늘입니다.
오늘이 없으면 내일의 행복도 없습니다.

어쩌다 거울속의 고독한 나는
혼자서 웃고 있습니다.

하하하
때론 그 사람과 내가
서로 마주보고 웃고 있습니다.

2020. 1. 14

5월에는

꽃이 피고 지고

하루종일 흔들리는
저 초록 잎새처럼
오늘은 누군가를 위해
기도하는 사람이게 하소서.

해가 뜨고 지고

살아있음을
감사하게 하소서.

별과 달을 보게 하소서.

하루종일 저 초록 잎새를 흔드는
바람처럼 한평생을
누군가의 사랑이게 하소서.

2020. 4. 28.

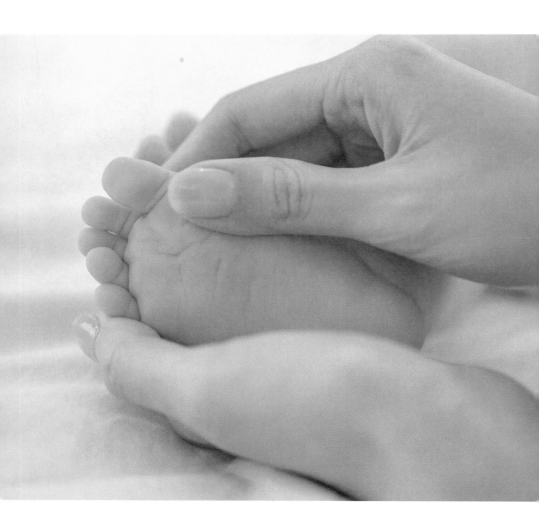

가끔은 꿈이었으면

어찌나 어찌나
조카딸 예지는 뭐 그리 급한지
일곱달 스무 이레만에 세상에 나와
일가붙이 죄다 놀래주더니
배내똥도 안 싸고
한번 울어주지도 않은 채
분초(分秒)를 두고 애간장만 녹이더니
혼자만 살겠다고 인큐베이터 속으로 홀연히 사라진다
다 꿈이었으면 좋겠어
어쩜 꼬박 남은 달 하루까지 다 채우고야
다시 세상에 나온 예지가 처음으로 울었다
혼자 천둥처럼 운다
새알처럼 품어 본다
아주 작은 아기가 꼬물대며 숨 쉴 때마다
하늘같은 안타까움이 가슴을 찔러온다
저리 초조했던 애태움도 무르녹아 떨어지자
달콤한 기쁨으로 익어 있다
숨가쁜 삶도 예쁜 사랑도
가끔은 꿈이었으면 좋겠어

어쩌다 어쩌다

저 나비도 팔삭(八朔)둥이 조카딸 예지처럼

이 세상에 제일 먼저 나와

나풀나풀 저만큼 날아오르다

강하(降下)하는 칼바람에 허공에서 번드쳐

위태로이 땅속으로 곤두박질친다

봄의 길목에서

이제 막 삐죽삐죽 고개 내민 어린 싹이 부활하는 생

명이

춘설(春雪)을 만나면 어이할거나

저 산 채 녹지않은 눈이 보고 깔깔대는데

나비는 한참을 구렁에서 비틀거리다

일어나 일어나 힘차게 날아올라 바람을 타고

창공(蒼空)에 한 점되어 홀연히 사라진다

나비가 앉았던 곳 다시 가 보니

민들레 노오란 꽃이 나비처럼 앉아있네

어디서 날아왔을까

두 개의 회전날개를 돌리며

올림픽대교 고탑(高塔) 위로

기념 조형물을 앉히고 있는 푸른 헬기는

별안간 어디서 날아와서

섬광(閃光)같은 하강기류에 순간 균형을 잃고
불꽃모양 조형물에 날개가 날개가 부딪혀
불꽃 튀며 갈기갈기 찢기어 추락하는가
헬기여 나의 헬기여
그 처참한 광경이
다 꿈이었으면 좋겠어
놀라 가슴쓸며 슬픔에 치이는 일들이 예쁜 작별(作別)이
가끔은 꿈이었으면 좋겠어
밤의 제왕인 양 저 흉물스런 조형물 누가 치워주는
꿈을
해종일 악몽을 꾼다

2011. 5. 22.

바람의 이야기

1
블랙홀에 빠져들어갔습니다.
내 몸과 마음이 아예 저항할 수 없는 한 사람에게

억겁(億劫)이 잠깐
찰나(刹那)가 되는 그 순간처럼
난 엄청난 에너지에 감전되어 정신을 잃었습니다.

2
어제는 꽃
오늘은 초록

당신이 밤낮 사랑하다 버린 꽃의 그늘 아래서
오늘도 시들은 그림자 하나 줍다 갑니다.

3
나의 기도는 저 무한한 우주를 뚫고 날아가기도 전에
이카루스의 날개처럼 태양과 기다림 그 이새에 녹아
버렸습니다.

하지만 당신이 잠든 이 시간이
숨막히는 고요의 절정

난 다시 누군가를 사랑할 용기로 충만합니다.

4
그대의 심신이 극도로
쇠약해졌을 때

어둠의 가장 깊은 곳에서 방긋 웃고 있는
예쁜 미소를 조심할 것!

2012. 6. 3.

편지

너에게로 보낸다

평생을 잊지 못해 잊을 수 없었으나
어쩌다 가끔은 잊고 살다가

문득
별안간

나도 네게 보낼 수 없는
너도 내게 보낼 수 없는

애절한
편지 한장 띄운다

그러나 그 순간만큼은 너무나 간절했던 사랑처럼
막 백지 위에 뭐라고 밤새워 휘갈겨 써 놓곤
아침이면 까맣게 잊어버리는
홀로 생각으로 써놓은
한장의 허무한

편지처럼
봄꽃처럼

저리도 아름답게 피었다 한순간에 흩날리는 꽃잎처
럼 나의 독백은
네게 보낸 보낼 수 없는
나의 마지막 편지

그래도 내 지독한 사랑을
오늘 또

너에게로 보낸다

2012. 5. 13.

톤즈의 하늘에 별이 되어
부제: 故 이태석 신부님을 기리며

2010년 정월에
우리는
동방의 하늘에서 가장 아름답게 빛나던
별 하나를 잃었습니다.

울지 말아요
친구가 되어 줄게요
그 속삭임 들리는 듯 여전합니다.

신성한 땅 아프리카의 오지(奧地) 중의 오지
수단의 남쪽 톤즈(Tonj)는
아직도
전장(戰場)의 기운이 사방에 깔려 있고
병마(病魔)와 기근
살육과 무지로
죄없는 사람이 수없이 죽어가는
위급의 땅이어서

46

뜻을 품고 왔던 지조(志操) 높은 사람조차
몇 날을 못참고 훌쩍 떠났는데
당신만은 혈혈단신(孑孑單身)
온갖 부귀영화 다 버리고
가장 낮은 사람에게 베푸는 것이
곧 나에게 베푸는 것이라는 온전한 말씀을
목숨걸고 수행한
톤즈의 희망
우리 시대의 영웅 쫄리(John Lee) 신부님.

사제로서 사제가 아닌
수단의 의인(義人)인 양
병원을 짓고
학교를 세우고
브라스 밴드(brass band)를 만들어
톤즈의 유일한 의사로
헌신적인 선생님으로 음악가로 친구로
동방에서 온 슈바이쳐가 된
아름다운 당신

지금은
톤즈의 하늘에 가장 빛나는 별이 된

다재다능(多才多能)하던 당신

당신이 사랑입니다.

오늘 우리는
눈물이 가장 큰 수치라는 딩카(Dinka)족의
당신이 그토록 사랑하던 톤즈 아이들의
두 눈에서 하염없이 흘러내리는
하얀 눈물을
함께 울며 함께 보았습니다.

이별은 영원히 야속하고 서러웁지만
당신의 귀한 재능이
이 세상보다 하늘 나라에 더 필요하여
일찍이 부름받아 가신 것이라
남은 우리들은 위안삼습니다.

친구가 되어 주실래요?
오늘도 당신은 그리 말하고 있습니다.

당신이 행복입니다.

2011. 2. 6.

소의 눈물

1
세상에서
가장 슬픈 눈망울을
그 큰 눈망울서 철철 넘쳐흐르는 눈물을
소의 눈물을
난 보고 말았네

죽으러 가는 줄 아는
어미 소와
아무것도 모르고
한번이라도 더 젖을 빨려고
졸래졸래 보채는
천진난만(天眞爛漫) 송아지의 마지막 모습을
그 참담한 광경을
난 보고야 말았네

"다시는 짐승으로 태어나지 마라"
설움에 겨워 울부짖던
어느 농장주의 통한(痛恨)의 소리까지

50

난 듣고야 말았네

2
평생 자기를 길러 준 주인이
허망히 세상을 뜨자
여물죽조차 끊고
주야장천(晝夜長川) 무덤을 찾아
목놓아 울다 돌아와서도
정든 주인 얼굴 끝끝내 못잊어
마지막 숨까지
얼굴사진 다시 길래 핥다
올곧이 주인 좇아간
그 소의 눈물이 눈물겨운 사연이
보은(報恩)의 전설로 영원하기를
빌고 또 빌었건만

3
아, 어찌하랴
2010년을 넘어가는 두 해가 두 겨울이
혹한의 연일연야(連日連夜)
가장 잔인한 겨울로
기록되려 하는 지금

한반도 방방곡곡(坊坊曲曲)이
구제역(口蹄疫)과의 하얀 전쟁이다

불행한 동시대에 사는
우리들을
아름다운 반도를
이 공포의 전쟁으로부터
지켜내소서
그리고 용서하소서

신이여 신이시여

2011. 1. 30.

참회록(懺悔錄)

나의 님은
王이 아닌
아주 빈천한 이로
세상의 가장 낮은 곳까지 서슴없이 와
의로운 말씀만 좇아 행하는
바로 그분입니다.

어느 해 봄날에 춘몽(春夢)처럼
잠시 왔다간 그 님을
까맣게 잊고 살았는데
오늘 새벽
느닷없이 돌아온 님이
내게 말합니다.

남의 허물을 들추지 말며
험담하지 말라고

그 사람이 있든 없든
속 마음이라도

행여 꿈 속일지언정
그리하지 말라고
또바기 내게 말합니다.

난 압니다.
어쩌다 아주 사소한 이유로
아무 생각 없이 툭툭 내뱉는 말이
아차하는 순간 그 말이
이리 뛰고 저리 뛰는
외도(外道)의 날카로운 칼이 되어
발 없는 말로 천리를 가서
그의 가슴을 베고
한 사람에게 평생 지울 수 없는
상처가 되고 아픔이 된다는 것을

아뿔사
부메랑처럼 다시 쏜살같이 날아와
나의 마음까지 베어버린다는 것을

그래요 때로
세상사 만사 인간사에
불기둥처럼 火가 치솟더라도

참고 참고 참아 아예 후회없도록
차라리 침묵하라고
나의 님은
타울타울 내게 말합니다.

잠깐만 돌이켜 보면
사랑이 사랑을 짓고
미움이 미움을 짓는다는 것을

내 마음을
하늘거울에 비춰보면
얼마나 티가 많을까요?

참 행복은 늘
마음 안에 둥지를 틀고 있었다는 것을

오늘도
삶이란 그렇듯
참회록을 쓰는 연속입니다.

2011. 2. 17.

낙엽은

사랑하는 이여.

어느새
세상은 온통
가을빛 천국이다.

그토록 고왔던 단풍잎도
때를 알고
고단히 낙엽진다.

바람에 한순간
훌~훌~훌

새떼처럼 날아가
올림픽공원 호수 위로
살포시 내려앉는 낙엽들.

이처럼
자연의 섭리가 준엄하거늘

사람의 도리야 말하여 무엇하랴.

아, 사랑하는 이여.

보셨나요
그 낙엽이 남긴
사랑눈을.

낙엽은
부질없는 욕심
다 버리라하네.
가진 것 하나라도
더 내어주는
따뜻한 사람 되라하네.

후회없도록
후회하지 않도록
온전히
사랑하라 하네.

2010. 11. 22.

꽃

1
지금은 봄
천지에 꽃투성이.

흐르는 이야기여서
그 메마른 땅에 핀 꽃의 이야기를
잠깐 빌려 쓰려 합니다.

짓밟고 짓밟히는 세월에도
가만히 고개 내밀어 길가에 피어 있는
그 꽃의 이야기를.

2
저 무성한 가지 가지에다 피우는 꽃은 아니어도
아주 낯선 땅 지상 위에 홀로 피어 있어도 참사랑처럼
너무 아름다운 꽃의 이야기를.

3
내가 보고 있어도

내가 볼 수 없어도 너는 내게 영원한 생명처럼
봄마다 늘 꽃인 것을

4
첫사랑처럼 한번은 누구에게나
추억과 상흔(傷痕)으로 남아 있다 외로운
어느 봄날에 갑자기 피어있는 꽃.

5
이 세상에 와서 내가 눈으로 볼 수 있는
가장 아름다운 이름이 바로 꽃
꽃입니다.
4월이 채 가기도 전에 봄꽃은 피고 또 지겠지만
그 짧은 사랑처럼 벌써 이별도 몇 번인가요.

6
봄은 무르익어가는데 세파에 지친 사랑이
그대와 나의 줄다리기처럼 한겨울인 양
꽃피울 줄 모른다니까요.

7
그러다 그러다가 춘풍에 화들짝 놀란

나의 봄이

그대의 꽃과

눈이 딱 맞았습니다.

8

봄이 정말 꽃바람났습니다.

9

사랑이 사람이 곤히 잠든 새

봄이 남몰래 도망쳐

온 천지에 꽃을 활짝 피웠습니다.

2012. 4. 15.

그대는

그의 옆에만 있어도
내가 빛난다.

그대는
나의 어두운 밤을 지켜주는
달맞이꽃같은 사람이다.

그대가 기쁘면 나도 기쁘고
그대가 슬프면 나도 슬프다.

그대가 너무 보고싶은 까닭은
그대가 너무 가까이 있음이요.
그대가 너무 그리운 까닭은
그대가 너무 멀리 있음이다.

그대가 있어 나의 오늘이 행복하다.
늘 받기만 하여
미안한 나의 마음은 평생을 두고 갚아야 할
이생의 빚이다.

주르르 사랑받음이었다.

그게 나의 못다한 사랑이다.
그대를 위해 하루에 한번은 기도하고
두번은 생각하고 세번은 노래 부르리.

나의 슬픔을 고독까지도
지우개처럼 쓱쓱 지워버리는 그대가 있어
이제껏 남은 눈물 한방울은 아껴둬야겠다.
그리고 아름다운 이름과 마지막 작별을 위하여
내 가슴에 깨끗한 칠판 하나 남겨 놓으리
그대만이 쓸수 있게.

그의 옆에만 있어도
내 인생이 빛난다.

몸보다 마음이 앞서가는 분주한 시대에
살고 있는 내게
사랑이란 이런 것이다 몸으로 보여준 그대는
꽃같은 사람이다.
그는 내게 크리스마스 선물처럼
따뜻한 사람이다.

주르르 주르르 사랑줌이여
그게 내가 그에게 배운
못다준 사랑이다.

2011. 12. 28.

술의 힘

살아서 아무에게도 말할 수 없는
죽어서 무덤에 까지 가져가야 할
이야기를 너에게 한 적이 있었다.

2012. 2. 19.

새

새는
사람이 들을 수 있는 거리만큼에
운다.

새가 어디
사람이 들을 수 없는 거리에서
운 적이 있는가.

나의 새도
늘
그렇게 운다.

2011. 5. 29.

비 오는 날의 수채화

비 오는 날은 자정(子正)에 젖고
가는 날 오는 날에 젖어
길 위에서 노닐는 비에도 젖고 지짐거리는 빗소리에
도 젖어
오래도록 그리워했던 동창에게도 젖고
초등학교 때 좋아했던 별같은 여자애에게도 젖어 일
학년 때 달처럼 고우셨던
선생님의 얼굴에도 젖고
아련한 추억에 목이 메이게 젖다가 젖다가
빗속에 아롱대는 향수(鄕愁)에도 젖어
이 시간엔 만날 수 없는 사랑에게도 젖는다

지금처럼 슬픈 이야기에 젖고
지울 수 없는 기억의 상처에도 젖어
떠난 이에게 젖고 고독한 이명(耳鳴)에도 젖어
사랑하는 영원히 미워할 수 없는 아내에게 젖고 귀
한 아이에게 젖어
늘 안쓰러운 어머니에 젖고 아, 아버지에 젖어
저 산 너머 할머니의 사랑에 젖고 할아버지 말씀에

66

도 젖어
무덤가에 핀 할미꽃에도 젖고
보랏빛 작은 요정 제비꽃에 젖어
달이 좋아라 달맞이꽃에도 젖고
호박꽃 속의 그 빗줄기에 벌들에도 젖다가 젖다가
할미새 둥지의 알록달록 알에도 젖어
그 옛날 초가집 제비집 제비새끼에게도 젖는다

작별하는 구름에 젖고 불타는 해질녘 노을에도 젖어
윤동주의 서시(序詩)에도 젖고 황순원의 소나기에도
젖어
나의 시 보리피리에 젖고
오늘처럼 쓱쓱써지는 비 오는 날의 수채화에 젖어
포장마차의 情같은 비에 젖고 젖어 우윳빛 사랑같은
막걸리에도 젖는다
술에게 술에게 심장까지 젖고
바람의 신에게도 젖다가 젖다가
내가 볼 수 없는 것의 신전(神前)에도 젖어
그리운 것들에 미친 것처럼 미친 놈처럼 젖다가 젖다
가 젖다가
비틀거리며 걷는 밤에 나도 흠뻑 젖었다

2011. 6. 1.

청혼가(請婚歌)

봄한철 잠깐 우는 새에게는
로망이 있었다.

온종일 굴피모양 작은 나뭇가지에 짝 붙어
님이 오실 때까지 기다리는 것이
생의 전부인 듯
그 새는 울고 또 울었다.

그칠 줄 모르는
그래서 더 슬픈 저 새의 청혼가는
밤 이슥토록 허공중(虛空中)을 맴도는데
먼 데서 밤길 아는 반딧불이가
그 노래소릴 듣고,
사방 천리(四方千里)에서 떼로 날아와
금세 밤길을 가난한 둥지 위를
훤하게 등(燈)대처럼 밝혀 놓았네.

아, 저기 숲길 사이로 운명처럼
정말 사랑이
사뿐사뿐 걸어오고 있었다.

지성(至誠)이 없으면 감천(感天)이 있을까.
오랫동안 시퍼런 알몸뚱이로 누워있는 하늘.
간절한 진심이 저 하늘가에 닿아
하나같이 파랗게 물이들면,
애절한 사랑마저 환시(幻視)되어
님의 얼굴이 비슷이 닮은 누군가의 얼굴에 씌어
찰나적으로 보였다 사라진다.
그날 본 것이 그 새의 첫사랑이었을까
아님 나의 짝사랑이었을까.

태초에
새는 외로워서 울고 그리워서 울었을 것이다.

지금은 새도 제 새끼 키우느라
희(喜)
로(怒)
애(哀)
락(樂)
으로 운다.

가끔은 둘이 좋아라 울어댄다.

2011. 5. 28.

어찌하옵니까

어찌하옵니까.
나를

세월따라 늙어만 가는 당신과 나
바위같았던 옛정(情)에도 하나 둘 금이 가옵니다.

늘 나를 뒤에 세우고
당신을 내 앞에 세우고자 하늘에 빌고 상고(相考)하였
사오나

아직도
당신의 그림자만 멀리서 따라가옵니다.

이 무정(無情)한 세월을
어찌 어찌하옵니까.

2012. 2. 19.

무궁화 앞에서

넋 놓고 한참을 보았다.
너에 대한 사랑이 이렇게 지독한 줄
예전엔 미쳐 몰랐다.

이른 아침
잠에서 깨자마자 얼른 뛰어가
입맞추고 싶은 너의 청초(淸楚)한 입술
나는 왜 몰랐을까.
너는 늘 내 앞에서
붉은 단심(丹心) 꼭꼭 숨기고
젖빛 목젖까지 다 드러내 해맑게 웃던
그 소녀의 수줍은 얼굴이었던 것을

온종일 그리워했다.
너를 향한 사랑은 참음이 가장 큰
죄악일 것이다.
네 가슴이 사르르 닫히기 전
어서 달려가 거칠게 애무하는 나의 손길
할 수만 있다면 24시간을

기꺼이 무릎 꿇고
꼭 품어 안아주고 싶은 나의 꽃
사랑이란 이름의 무궁화였다.
은근과 끈기로
일편단심(一片丹心) 오롯이
겨레의 혼과 얼을 고대로 이은 너는
내 고장 홍천(洪川)의 자랑스런 꽃이요
소박한 민초의 꽃이다.
삼천리 금수강산(錦繡江山) 대한의 꽃이요
우리나라 꽃이다.

어쩌다 지금은
내 마음자리 위에다 활짝 꽃피웠지만
너는 한평생 한서(翰西)의 성서(聖書)같은 애인이었다.
시선(詩仙)의 꽃 중에 꽃이었다.
어머니 육영수(陸英修)의 고운 님이기도 했다.
한국의 영원한 영부인(令夫人)으로 살아야 하는
너를 어이 잊겠냐만은
기억의 저편에서 한참을
우매한 이들이 입으로 부르고 마음으로
홀대한 적 있었기에
네가 더욱 소중한 것을

이제야 알겠다.

너는 어느 날 아침
내 눈 속으로 쓰나미처럼 확 쳐들어와
애련(哀憐)의 가슴에 박힌 반도(半島)의 피끓는 사랑이다.
나의 불꽃같은 사랑에도 여전히
너의 사랑은 배고프다 하는구나.
독도처럼 외롭다 말하는구나.
너의 노래는
누군가의 마지막 앙코르도 될 수 없었다.
그러나 우리 모두의 합창곡으로
영구히 부르는 만인의 노래가 되었으니
나는 너를 사랑이라 부른다.

코리아(korea)의 꽃이여
불굴의 무궁화여
나의 조강지처(糟糠之妻)같은 꽃이여

만세처럼 영원하여라.

2011. 8. 8.

74

애인

사방을 장막(帳幕)으로 둘러치고
잠깐 하늘도 가리웠네.

그리고 그 안에서
둘이서 사랑을 했었네.

아무도 모르게
아주 잠깐 사랑을 했다네.

2011. 10. 5.

등신불(等身佛)

누가 나의 등신불이
되어 다오.

그에게로 그에게로만 달려가서 나의 온몸을
사랑으로 활활 도배(塗褙)하오리다.

2012. 1. 2.

무제 (無題)

당신이 아무리 선하다고 한들
내가 제아무리 착하다고 한들

그대 앞에서는
당신과 나 나란히 미천한 생명이다.

그의 마음은 하늘의 선함에 닿아 있고
그의 가슴은 땅의 착함에 맞닿아 있다.

그는 서면 예수같고
앉으면 부처같은 사람이다.

사랑이 쏜살같이 사태(砂汰)진다.
대자대비(大慈大悲)도 홍수처럼 넘쳐흐른다.

만일 당신과 내가 무죄(無罪)의 그 날로 돌아갈 수 있
는 유일한 방법이 있다면
죽어서 다시 태어나는 길 뿐이리라.

끝남이 없는 사랑을 다함이 없을 사랑을
처음 받았던 그 순간처럼.

당신의 마음도 예쁘게 선함으로 물들고
내 뒤란의 작은 정원에는 아주 어린 꽃들이
울음처럼 착하게 피고 있었을 것이다.

2012. 1. 20.

못찾겠어요

못찾겠어요.
바람이 어디서 왔는지

못찾겠어요 못찾겠어요.
내가 어디쯤에 와 있는지

바람이 어디로 갔는지
못찾겠어요.

2012. 2. 5.

첫사랑

내가 너를
최초로 알고 말았다.

난생처음 처음으로
구름 위를 구름 위를 홀로 걸었다.

사랑과 눈이 맞았다
최초의 그 여자에게.

첫눈에 한눈에
눈이 멀었다.

2012. 2. 5.

방황

하얗게
하얗게 정말
당신을 잊어버릴 수 있을 거리만큼에서
오늘도 찾아 헤매였습니다

2012. 3. 17.

전화(電話)

하루가 번개같았다.

술에 취해서
잠에 취해서

자정이 훨씬 넘은 시간에
네가 전화했을 때

잠에 취해서
술에 취해서

난 받질 못했다.

그러나 그러나 그 순간만큼은
이 세상에서 가장 아름다운 벨소리가 혼자
울고 있었을 것이다.

2012. 2. 25.

상처 (傷處)

살아서
차마 네게 줄 수 없는 것이
여태껏 남아 있다면

지금도
아물 줄 모르는
내게 남은 마음의 상처다.

2012. 3. 25.

2월 애 (愛)

사랑 사랑하나 가지고도
너무나 너무
짧은 시간.

초침처럼 빠르게
지나가는 세월의 소리를
무심결에 깨어 빤히 쳐다보고 말았네.

2012. 4. 29.

아내의 눈물

이 세상에서
가장 아름다운 보석을 보았습니다.

그 보석을 눈물로나
보나 봅니다.

2012. 3. 21.

그리움

길을 걷다 문뜩
나를 돌려세우는

그 여자의 이름을
그 남자의 이름을

백지 위에

나란히
적다.

2018. 10. 13.

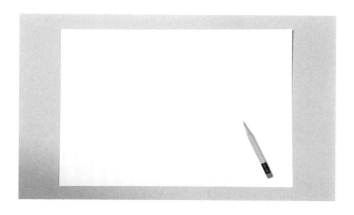

고독

너 앞에 나 없다.
나 뒤에 너 없다.

2018. 12. 7.

미소

빛의 속도로 그 남자에게 물들다.

눈빛보다 빠르게 그 여자에게 빠지다.

그 여자는 그 남자에게
그 남자는 그 여자에게

춘하추동(春夏秋冬)

미소는 오늘
사랑은 내일

꽃보다 먼저 웃으라 하네.

빛의 속도로 그 여자에게 빠지다.

눈빛보다 빠르게 그 남자에게 물들다.

2018. 12. 7.

패랭이꽃

꽃들의 소곤거림은
어느 세상에서 왔을까

가끔
꽃길에서 길을 잃고
바람을 따라갔네

바람을 따라가다
패랭이꽃 무더기로 핀
산그늘에 앉아
내 어린 사랑을 그리워했네

너무 아픈 사랑은
사랑이 아니었음을
너무 그리운 사랑도
사랑이 아니었음을

슬프도록 아름다운 날

바람의 길목에서
패랭이꽃이
무더기로 진다

2022. 5. 11

할미꽃 당신

겸손하여라
저 꽃은

할미꽃 당신은
누구보다 먼저 인사하네요.

하늘을 우러러
한점 부끄럼이 없기를
간절히 기도하며
고개 숙인

할미꽃 당신은
나보다 먼저 인사하네요.

한결같아라
저 애련(哀戀)의 꽃은

2022. 5. 27.

사랑

내가 기도보다 먼저
아침보다 빨리
꿈보다 어서
별보다 달보다 바람보다

꽃보다 먼저

너를 생각했으면
이 세상에선 사랑이라

2019. 2. 2.

5월의 사랑

계절의 여왕
5월이
푸르른 가슴을 활짝 열어
꽃 잔치 벌여 놓고
어서 오라고
인사합니다.

흥에 겨워
춤을 추고 노래하며
시를 쓰고
소설을 쓰다
꽃의 이야기
바람의 이야기
손님들의 이야기에
함빡 취합니다.

5월은
내 앞에 사랑이란 그대가 있어
눈물나게 행복합니다.

2022. 5. 5.

봄비

봄비가 옵니다.
반가운 손님처럼 옵니다.
첫사랑에게
맨처음 받아 본 연애 편지처럼
설레이며 옵니다.
그리운 이의 안부처럼 옵니다.
아름다운 인연처럼
추억을 한아름 안고
꽃에게 인사하듯 옵니다.
초록처럼 살아보라고 옵니다.
봄비가 옵니다.

2022. 4. 29.

거미의 사랑

또 다른 하늘
나의 집
어스름의 틈새에 나는 둥지를 트네.

하늘과 땅 사이에
집을 짓네.

사랑만 걸리는

2018. 7. 13.

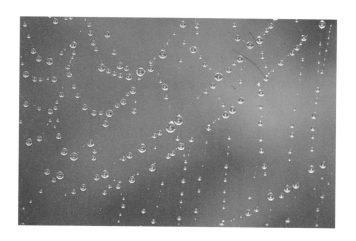

사랑의 배달부

대지의 품속으로
스미어들 줄밖에 모르는
그리하여 뭇 생명을 살리는
단비같은 사랑을

눈이 부시게
아침 햇살을 닮은
숙녀의 맑고 빛나는 눈동자로
가슴으로 가슴으로 파고드는
상큼 달콤한 설레임으로
예쁜 사랑을 배달합니다.

형형(炯炯)의 주단(朱丹)으로
포장한 행복도
벅찬 기쁨도
아름다운 미소와 꿈같은 기적은
종종 덤으로

그곳이 정녕

까마득히 먼 오지라도

지구의 끝까지

간단(間斷)없이 배달하는 당신은

사랑의 배달부입니다.

2022. 5. 21.

그리움

늘
앞에
그 사람만 보입니다.
나 어쩌다 꽃처럼
바람에 못견디게 흔들리는
순간
그 사람이 안 보입니다.
바람같은 꽃같은
나를 어이합니까.
어쩌다
돌아보면

거짓말처럼 기적처럼 그 사람이
또 나를 따라옵니다.

2018. 5. 17.

100

그림자 사랑

내가 널 가장 필요로 할 때
넌 나를 사랑하지 않았다.

하지만

난 그날 처음으로
태양과 하나가 되었다.

낮과 밤이 그리고 밤과 낮이
누구에게나 함께하는 그 시뻘건 시각에
정오(正午)에 정확히 나도 그녀와 동침(同寢)했다.

하지만

누군가에게는 속이고 살던 속이고 싶었던
하늘만 아는 비밀을 그날
또 하나 간직했다.

늘 하얀 바람은 불었고

저리도 세찬 빗줄기속에
나를 아무리 감추려해도
내 그림자 하나 감출 수 없었다는 사실을.

아주 먼 훗날 내가 누우면 너도
내 모양대로 따라 눕겠지.

그림자는 늘 그렇게
내 앞에 서 있을 줄 알았는데
항상 내 뒤에 서 있었다.

그녀를 잃은 어느 해
어느날의

후회처럼
사랑처럼.

2013. 3. 1.

설국(雪國)의 아침

처음 누구의 발자국이 찍혔을까?

너무 푸르러 차마 보지 못했던
예쁜 논두렁의 경계를 설국(雪國)의 아침에야 보고 말
았네.

마음만 숱하게
지나갔을 저 길 위에

그렇게 내 사랑의 시계도 끝내 그리움을 축으로
아득히도 먼 원을 그리며 오늘도 돌고 있다는 것을
설국의 아침에야 또 알고 말았네.

그리움이 있고
그리워하는 마음이 또 달리 있다는 것을

파아란 하늘 하이얀 구름 위로
보고싶단 말만 연달아 띄워보내고 있는
내 연(鳶)같은 마음 하나는 어찌하나.

2013. 2. 10.

104

회향(回向)

어쩌다 돌아가지 못했네.

저 할미새 한 마리
남국(南國)으로 돌아가지 못하고
나와 함께 노지(露地)에서

밤이 오고
달이 뜨나 아침이 오나

너무 추운 한겨울의 그 혹한의 새벽을
고단한 먹이 세월을
둘이 함께 쪼아먹고 있네.

그래도 봄날을 고대하는
너무나 따뜻한 겨울의 태양은
늘 뜨고 있나니

나는 오늘 아침
또 너의 안위(安危)를 걱정했네.

2013. 1. 19.

사랑

내 목숨보다 더 귀한 사랑을
어제 예약했습니다.
어쩌면 그럴가요.
나처럼 못난 사람을
그 사람이 오늘 아니
다음 생에도 나와 또 산다네요.

2018. 3. 17.

도(道)

도(道)를 묻다.

과거도 아닌
현재도 아닌
미래도 아닌

지금 이 순간 찰나(刹那)에
하늘을 우러러 부끄럼이 없으면

도(道)가 아닌가.

내게 도(道)를 묻지 마시게.

2019 10 12.

비밀

오늘
하이얀 백지 위에
그대라고 쓰곤
차마 이름은 적지 못하였습니다

2010. 10. 9.

미련

뒷모습을
뒷모습만

하염없이 쳐다 보았네.

꾀꼬리 단풍은 지금이 한창인데
꾀꼬리는 이국(異國) 땅으로 떠나 지금 없다네.

2019. 10. 18.

풀잎의 이름으로

그대만은
살걸음 비바람이
거목의 뿌리까지 뽑아 쓰러뜨릴 때
그대는,
아주 약한 풀잎으로나 누워있다
그 비바람 가만히 물러설 때
아주 강한 풀잎으로 일어나라
그대만은

그날엔
아주 작은 풀잎마다에
다시
눈부신 햇살이 영롱하리니

2010. 10. 19.

이별소곡(離別小曲)

잘 익은 보리밭이 불탄다.
잠못드는 밤에

온다는 기약 없이
한 사람이 떠나는 까닭은…

떠나는 사람은
남은 이의 사랑을 알고 가는 걸까.

회한(悔恨)의 기인 터널에서
밤새가 쉬이 운다.

2010. 10. 23.

113

그리움

넌
저 수평선 너머
아스라이 먼 곳에 사는
노을같은 사람이다.

너는
내게 올 수 없고
나는
네게 갈 수 없는.

넌
봄 한철 아지랭이 사랑으로
불처럼 왔다,
훌훌 가을 속으로 날아간
후조(候鳥)같은 사람이다.

네가 떠난 빈 자리마다
그리움을
전설로 남겨두고.

2010. 10. 28.

114

부모님 전상서

어머니의 사랑같아야
아버지의 자비같아야
사랑이고 자비입니다.

이 세상에 가장 지독한 사랑이 있다면
어머니의 사랑뿐입니다.
이 지구에 제일 고독한 사랑이 있다면
아버지의 사랑뿐입니다.

죄는 하늘로만 높아지고
허물은 이 땅 위에 고스란히 남아
쓸쓸히 살아가는 한 생명이
정말 부끄러운 그림을 그립니다.

나는 언제쯤 사랑에 철들까요.

성체(成體)가 된 지금에도
갓 태어난 오목눈이 새끼처럼
사랑을 잘도 받아 먹습니다.

하늘의 높이를 알 수 있을까요.
바다의 깊이를 잴 수 있을까요.
어머니의 마음이 하늘을 닮은 이유를
아버지의 가슴이 바다를 닮은 까닭을
이제 쪼끔은 알 듯 합니다.

불초(不肖)는 차마 빌 곳이 없습니다.

십자가의 그 지독한 사랑이 없었다면
보리수의 그 고독한 자비가 없었다면
나는 없습니다.

예수님의 사랑같아야
부처님의 자비같아야
사랑이고 자비입니다.

2012. 1. 29.

시 (詩)와 당신에게

시(詩)는 아침

시는 기도

시는 사랑

시는 어쩌다 이별

시는 나의 별

시는 손

시는 발

시는 가슴

시는 어쩌다 마음

시는 밥

시는 술

시는 노동

시는 얼굴

시는 어쩌다 담배

시는 꽃

시는 봄

시는 바람

시는 숨

시는 입

시는 어쩌다 소피
시는 그 여자만 볼 수 있는 달
시는 감사
시는 고마움
시는 은혜
시는 낮춤의 기술
시는 봄의 아름다움
시는 새
시는 그의 둥지
시는 첫사랑
시는 구름
시는 노을
시는 어쩌다 태풍
시는 첫걸음
시는 명상
시는 철야 기도
시는 새벽 예불
시는 아버지의 아버지
시는 어머니의 어머니
시는 아내
시는 내 아픈 누이
시는 큰어머니

시는 말

시는 행동

시는 하루

시는 어쩌다 눈물

시는 그리움

시는 고독

시는 책

시는 커피

시는 친구의 이름

시는 구름

시는 어쩌다 비

시는 절벽

시는 한발짝도 움직일 수 없는 사위(四圍)

시는 그리하여 또 아침

시는 희망

시는 입맞춤

시는 아침 인사

시는 그 남자의 미소

시는 신발

시는 옷

시는 모자

시는 낮과 밤

120

시는 먼지
시는 어쩌다 당신의 하늘
시는 온종일 듣는 귀
시는 말
시는 노래
시는 그리하여 시

2018. 12. 16.

9월은

정말 친구에게 못한 안부 전하기

내 어린 시절 걷던 길 걸어보기

정말 사랑했다 이별한 자리에 서 보기

잊혀진 사람의 이름을 목놓아 불러보기

다 내려놓기 전에 한 사람을 위해

목숨처럼 오늘을 기도하기

죽음 앞에 속죄하기

저 단풍속에 오는 초록잎을 사랑하기

그리하여 미움이 없으면 9월은 또

내일의 사랑으로 오겠지

2019. 9. 15.

동그라미 사랑

당신은 동그란 동그라미 사랑

그 복에 겨워
행여 탈출하려

아무리 뛰어봐야
늘 당신 손바닥 안

당신은 동그란 동그라미 감옥

그 사랑에 겨워
혹여 탈출하려

이리 가고 저리 헤매도
늘 당신의 사랑 벽

사랑이 샘솟고
기도가 한창인

세상 없이 은혜로움이 이렇게 애틋한
사랑 감옥

당신은 동그란 동그라미 사랑

2024. 5. 11.

5월의 기도

한없이 비바람에 흔들리며

꽃피우고 열매 맺는

저 꽃과 나무처럼

삶과 인생도

끝없는 세파에 아무리 흔들려도

눈물보다 눈물보다 더 깨끗한

순정의 영혼이

그대에게 매일 보내는

태초의 아름다움으로

사랑하며 감사하며

오로지 간절함 하나로

꽃피우고 열매 맺게 하소서.

2024. 5. 9.

기적의 용수철

사랑이

헐레벌떡 뛰어와서
다시 나를 튕겨
당신에게 더 큰 사랑으로 가옵니다.

감사는

숨가쁘게 달려와서
다시 나를 튕겨
당신에게 더 큰 감사로 가옵니다.

기도는

느릿느릿 우여곡절 끝에 끝끝내 걸어와
다시 나를 튕겨
당신에게 더 큰 기도로 가옵니다.

기적이

사시사철 아무때나 느닷없이 찾아와
사랑과 감사 그리고 기도를
한꺼번에 와르르 쏟아 놓고

다시 나를 튕겨
당신에게 전부 가옵니다.

2024. 5. 7.

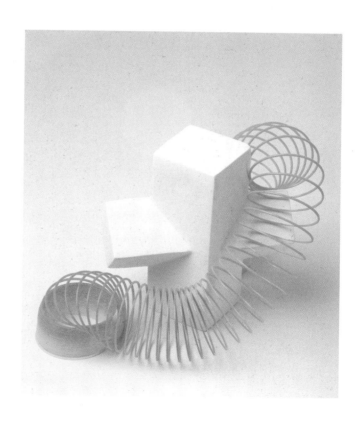

달밤의 청소부

달이 저리 밝은 꼭두새벽

달밤의 청소부

달빛을 쓸어 담고

지구의 구석구석을 깨끗이 쓸고 있다.

땅만 보고 땅만 보고

꿈을 쓸어 담고

지구의 구석구석을 깨끗하게 쓸고 간다.

2024. 5. 4

꽃에게

한 사람의 이름처럼
너에게도
예쁜 이름이 있구나.

한 사람의 얼굴처럼
너에게도
사랑스런 얼굴이 있구나.

때론
비에 젖고 바람에 흔들리며
인생꽃 피운
한 사람의 생애(生涯)처럼
너도
한없이 비에 젖고 끝없이 바람에 흔들리며
마침내 꽃 한송이 피웠구나.

봉긋봉긋 유년기와 화사한 청춘 그리고 시들어 지는
노년기

한 사람의 일생처럼

너에게도

아름다운 생(生)과 사(死)가

있구나.

2024. 4. 19.

무제 (無題)

꽃이 피면
난 사라져요

눈이 오면
난 사라져요

살다가 살다가
당신과 나의 인연이 아닌 것은
모두 시절인연인가요

낮이 오면
난 사라져요

밤이 되면
난 사라져요

살다가 살다가
시절인연이 아닌 모든 인연이
당신과 나의 인연인가요

눈과 꽃
별과 해의 인연은
누구의 시절인연이죠

2024. 4. 17.

가을 소나무야

지금 설악(雪嶽)은
불타는 사랑 중

전국 방방곡곡에서 몰려온 단풍 인파로 인산인해(人
山人海)
저것 좀 봐
사랑 앓는 단풍나무의 즐거운 비명 소리에
온 나무들이 춤추며 야단법석

하지만
단풍잎 지면 그뿐
사람들의 그림자 하나 없는
허전의 세상 그 자체

넌 내가 되고
난 네가 될 수 없으나
늘 푸른 청춘을
서로 응원하는

가을 소나무야

사철 푸르름도
이 한철은
못내 서운했겠네

미안한 마음
바람의 엽서에 띄운다

2024. 4. 28.

당신은

1
당신은
때론

느릿느릿 걸어서 오고
헐레벌떡 뛰어서 오고
마라톤 선수처럼 먼 거리서 오다
아예 오지않을 때도 있다.
한사람에게 치열한 사랑
당신은

2
당신은
종종

미움으로 오다 금새 사랑이 되고
아픔으로 오다 금방 기쁨이 되어
하늘과 땅 사이
번뇌의 끝과 해탈의 아름다움 사이서

진종일 웃고 울다
바람의 강을 벌써 건너온
애인보다 더 애인 같은 신의 은총
당신은

3
당신은
왕왕

바람과 함께 찰나에 사라지기도
별이 뜨고 별이 진 자리의 쓸쓸함
고독한 비가 나리고
마음이 울고 가슴 때리는
그리운 말씀이 되어
진실의 칼로 단방에 나를 베어 쓰러뜨리는
당신은

4
당신은
가끔

영화 속 비련의 주인공으로

심장을 마구 헤집더니
결국
그 연극의 마지막 피날레에
눈물의 무장해제
한바탕 감동의 폭풍이 휘몰아치고
세상 없이 조용한 시간
한사람에게 치열한 꿈
당신은

5
당신은
천생

아무리 주어도 아깝지 아니하고
주어도 주어도
오히려 모자람이 남아
자나깨나 앉으나 서나
일 년 내내 절로 나오는 기도
시도 때도 없이 간절한
당신은

시(詩)다

2024. 4. 29

기적

날마다

두 다리로
걷고

두 팔로
일하고

말은 덤
생각은 공짜

삶의 순간이
다 기적이다.

2024. 4. 25.

눈(目)의 사랑

꽃을 보듯
사람들을 본다.

보는 사람들이
다 꽃이다.

별을 보듯
사람들을 본다.

보는 사람들이
다 별이다.

보는 사람마다
꽃과 별의 천국에서
날마다 서로 사랑한다.

2024. 4. 21.

시의 귀환(歸還)

꿈을 낚으러 바다로 간 나의 배는
해가 가고 달이 가도
종무소식(終無消息)

그리운 만선의 환호성 없이
기다림의 세월이 늙어만 가네.

미지의 세계를 찾아서 하늘로 간 나의 우주선은
봄·여름·가을·겨울
함흥차사(咸興差使)

애타는 성공의 회신도 없이
녹슨 기다림을 베는 바람만 우네.

마치 마법처럼
하늘이 돕고 신이 도와
여태 기다리고 기다리던 기쁜 소식이 어서오기를
내내 주문을 외운 간절한 기도
미지의 세상에서

모든 시어(詩語)들이 한꺼번에 돌아오기를

그러나 시의 귀환은

기다림마저 지쳐
마지막 남은 희망까지 저버리려는
그 찰나에
보란듯이
눈 앞에 한 폭의 그림으로 눈부시게 펼쳐지는
금의환향(錦衣還鄕)

아주 더디고 늦게
그렇게 왔네.

2024. 4. 20.

민들레 그 사랑

너나
나나
혼자서는 새처럼 날 수 없는 삶

난 인간이 만든 비행 물체를 타고 하늘을 날고
넌 풀꽃보다 더 낮은 자세로
꽃대 하나 세워 홀씨로 날아

바람의 빛깔과 향기를 타고
척박한 땅 어디든
저 보도블록 틈
사람들의 벽 아파트 담벼락 밑에
사뿐히 내려 꽃피우는

민들레
민들레 그 사랑처럼

나의 삶도
치열히

146

그런 민들레의 일생이고 싶다.

그리하여
수천의 우주를 날아
그 질기고 질긴 생명력이
올봄은 어쩌다
내 사는 빌라 옥상
아주 작은 화단까지 찾아와
꽃 피웠노.

민들레
민들레
또 다른 우주를 꿈꾸는 꽃

나도
당신에게
바람의 얼굴로
허공중을 날아가 꽃을 피우는
그런 사랑이고 싶다.

2024. 4. 14

세 개의 탑

인생 탑 위에
어느 탑을 먼저 쌓아야 하나
일 년 내내 고민하였습니다.

사랑 탑을 먼저
아니야
감사 탑을 먼저
아니야
기도 탑을 먼저
아니야 아니야
그러다 일 년이 훌쩍 갔습니다.

그리고 또 일 년 뒤
사랑 탑도 하나
감사 탑도 하나
기도 탑도 하나 하나씩 쌓아올렸습니다.

드디어
인생 탑 위에

사랑과 감사 기도 탑이
나란히 완성되었습니다.

아무리 세월이 흘러도
날이 갈수록
보기에 너무 좋았습니다.

2024. 4. 10.

사랑과 인연

사랑은 언제나
동(東)
서(西)
남(南)
북(北)
사방에서
시도 때도 없이 와 아름다운 인연이 된다.

바람으로 온 인연은 바람으로 기서
춘(春)
하(夏)
추(秋)
동(冬)
꽃의 인사로 반가이 온다.

해와 달 그리고 별의 시(詩)로
붉은 노을이
단풍잎과 동시에 떨어지는 찰나에 부는 바람의 인연
으로

첫눈의 기다림으로 와서
아주 오래된 기도
귀한 사랑이 된다.

사랑과 인연은

생(生)의 한가운데서 자유로이 머물다
사랑으로 사랑으로 단단히 여문 그 세월만큼
정이 들고
가서는 천리 밖 그리움이 된다.

2024. 4. 6.

봄 마중

산꼭대기 쌓인 눈을
몇 날 며칠을 쳐다보다 쳐다만보다
오늘 간신히 올라
그 눈에 두눈을 씻고
세월에 찌든 마음도 씻고
세파에 헤진 영혼까지 곱게 기워
내려오다 보니
저만치에 꽃 한송이
반가운 사람처럼 웃으며
봄 마중 나왔네.

2024. 3. 25.

바람과 그리움

그대 떠난 빈 자리엔
동그라미 하나
덩그러니 남아
바람이 바람을 지우고 있네.

그대처럼
세월은 작별 인사도 없이 잘도 가고
안녕이란 말 한마디 없이
세상의 꽃은 꽃들은 저마다 잘도 피고 지는데

난 왜 또
그대 떠난 그 자리에
덩그러니 남아
동그라미 하나 그리고 있나.

2024. 4. 3.

봄 편지

오늘도
십자가를 보며
하늘을 우러러 감사의 기도로 시작하는
당신의 아침처럼
나도 그리 살면 좋겠습니다.

당신을 스치고 지날 때
봄꽃 향기가 나듯
나를 스치고 지나는 사람들에게
그런 향기가 나는 사람이면 좋겠습니다.

웃지 않아도
웃고 있는 것처럼 환한 당신의 얼굴은
봄빛 꽃다운 미소
나도 그리 늙어가고 싶습니다.

말이 곱고
늘 시(詩) 같은 당신의 언어는
언제나 친절하여

아주 오래도록 남아
날마다 생각의 심장을 뛰게하듯
나도 그런 사람으로 살고 싶습니다.

이 세상에 사랑에 배고픈 이가 단 한사람도 없도록
당신이 먼저
봄날의 꽃 인사로 일일이 안부를 묻는
봄 편지 쓰는 저녁

님 찾는 개구리들
밤새워 밤을 새워 님 부르고
이렇게 꽃피우는 사랑의 밤
나도 나의 사람들에게 따뜻한 사랑이고 싶습니다.

2024. 4. 2.

봄의 혁명

해마다 4월이면
봄의 혁명은 기적처럼 옵니다.

살아있으나 죽은 것도 살리고
죽어있으나 살은 것도 살리며

태초의 여명(黎明)
빛과 어둠 사이서
세상의 모든 아름다운 사랑을
용감한 봄의 혁명군으로 앞장 세우고

새싹과 꽃
그리고 봄비와 입맞춤하는 달콤한 생명들을 죄다 깨
우며
이제사
서서히 작열하는 저 태양과 함께

이 세상에 마지막 남은
전쟁과 분단을 모두 지우며

증오와 미움 하나 없는
끝없이 텅빈 하늘

사랑으로
사랑으로

해마다 4월이면
봄의 혁명은 기적처럼 옵니다.

2024. 4. 1.

봄의 전설

봄은
너무 늦지도
그리 이르지도 않게 꽃을 피우고

어느 소녀가 보낸 연애편지처럼
초침보다 빠르게 세월이
시간이 갈수록
더 짙은
사랑의 향기가 났다.

새봄 꽃은
첫사랑의 바람의 무게를 이기지 못하고
떨어지는 찬란한 슬픔인가.

기다려도 오고
기다리지 않아도 오는 봄처럼
사랑 하나는
끝끝내
기다려도 가고

기다리지 않아도 가서

평생 잊지 못할
그리움이 쓰는 일기장에 남아
해마다
봄의 전설로 찾아왔다.

2024. 3. 26.

사랑의 힘

한 번도 사랑해보지 못한 사람처럼
눈멀어
진정 한사람을 사랑해 본 사람만이
사랑의 힘을 안다.

이 세상에 와
하늘의 운명 같은 인연 하나 만나
마지막 사랑처럼
죽도록 사랑했을 때
사랑의 위대함도 안다.

땅이 꺼지고 하늘이 무너지는
인고(忍苦)의 강을 건너
하나 아쉬움없이

신념과 목숨을 앗는 무기가 바로
머리 위서 터져도
하나 두려움없이

날마다

한 번도 사랑해보지 못한 사람처럼

미쳐서

한사람을 사랑해 본 사람만이

사랑의 위대함

사랑의 힘을 알게 된다.

2024. 3. 25.

종과 시(詩)

종이
순간의 아픔으로 퍼져
자신을 사방으로 알리듯

시도
한순간의 고뇌와 동시에
한 사람에게 퍼져
누구에게나 사랑이어야 한다.

종과 시는
바로 옆에서 듣는 이와
가장 멀리서 듣는 이와의 동시음(同時音)이 일시에
한 사람에게
누구에게나 아름다움이어야 한다.

그리고

종과 시는
처음과 끝 끝과 처음이 없이

늘 항상
한 사람에게
누구에게나 간절한 기도여야 한다.

해가 시가 되고
시가 달이 되고 별이 되어 꽃들이 종을 치는
하루의

비
또는 구름
바람 같은 하늘의 말씀이어야 한다.

2024. 3. 23.

세월의 문

동(東)
서(西)
남(南)
북(北)
사방으로 문을 내어

삶의 백팔번뇌(百八煩惱) 한 방에 날려버리고
세상만사 진려(振旅)에 모두 승리한
아름다운 님께서
어서 돌아올 수 있도록

춘(春)
하(夏)
추(秋)
동(冬)
세월의 문 활짝 열어 놓고

언제 어디로 오시든
달려갈 수 있도록

날마다

거울 같은 맑은 영혼의 기도로

세월의 문 닦고 쓸며

불현듯 오실 님을

학수고대(鶴首苦待) 기다리옵니다.

2024. 3. 23.

너 하나

너 하나
너 하나

아름다운 너 하나
보다

나
이 세상의 아름다움을 전부
보나 보다.

뒤집다 기다
이제야 두 다리로 걷는
81억 사람들을 모두
보나 보다.

너 하나
너 하나

죽도록

사랑하다

나
이 우주의 말씀을 전부
사랑하나 보다.

서로 다른 기도와 언어를 써도
사랑의 위대함과 자비로움을
매일 실행하여
날마다
자유의 종을 치며

나의 너
너의 나는

81억 사람들을 모두
사랑하나 보다.

2024. 3. 5.

시(詩) 한 편 읽자

일 년 삼백육십오 일

사랑의 달
행복 주간에

사랑아 우리
날마다
시 한 편 읽자.

노여우나 노여움이 없는
슬프나 슬프지 않은
미워하나 미움이 없는
시 한 편

기쁨을 주고
즐거움이 넘치는

투명한 거울 같이
욕심없이 쓴
사랑의 시 한 편 읽자.

밤의 달이
광명(光明)의 해를 데려오듯이

늘 겸손하여
하늘과 세상 사람들에게
하나 부끄럼없이
다만
떳떳하여
나를 비워 아름다운 세상을 여는
시 한 편

일 년 삼백육십오 일
아기의 마음으로 다시 돌아온
맑고 착한 눈으로

사랑의 달
행복 주간에

사랑아 우리
날마다
시 한 편 읽자.

2024. 2. 24.

고독한 화살

고독한 화살을
일평생 쏘았습니다.

그러나

쏘고 쏘다 지친 고독한 화살은
언제나 빗나갔을 뿐

단 한 번도
나의 고독
그 정중앙에 꽂히지 못하였습니다.

수없이 꿈을 태운
청춘의
청춘의 뒤안길에서
세상 없이 화려했던 고독한 나의 화살은

아주 오랜 세월이 흘러
이제야 고요로히

170

사랑의 한가운데로 사뿐히 내려앉는
고독한 화살의 불시착

하지만

그날 쏜
마지막 화살이
이 세상의 가장 아름다운 곳의 정중앙에
보란듯
꽂히어 있었습니다.

2024. 2. 10.

생각의 집

날마다
꽃처럼
예쁘게 피어 스치듯 다시 만나는
인연

한 여자는

늘 보고파
가슴의 집이 초대한
아름다운 사람입니다.

언제나
별처럼
그 자리에 말 한마디 없이 빛나는 인생

한 남자도

늘 그리워
마음의 집이 초빙한

너무 귀한 사람입니다.

세월이 세월이 흘러도

생각의 집에
한평생 사는
하해(河海) 같은 사랑입니다.

2024. 1. 4.

수타사 (壽陀寺) 에서

저 달이
보름달이 혼자서

온 세상을
산사를 환히 밝힌 밤

어진 스님과
아름다운 보살님은

그새
온데간데없고

말씀이
빛으로 쏟아지는데

풍경 소리
또 누가 흔들어

나그네

십리 먼길

예까지
따라왔을까

2023. 12. 22.

용(龍)의 꿈

아무도 없는

까마득한 절벽 위에 홀로 서 있었네.

저 아래

동그란 황금덩어리가 불을 뿜듯 이글거리나 싶더니

순간

용이 되어
한마리 황금용이 되어
유유히 날아올라 온몸을 다리부터 칭칭 감자

아아

세상에 처음 느끼는
그 뜨거운 환희의 절정

아무 두려움없이
난생처음 본
용의 얼굴은

바로 인자(仁者)의 얼굴이었네.

2023. 12. 15.

인생 두 편

나의
기도는

하늘에 닿을 만큼 간절하였는가.

나의
감사는

사랑에 견줄 만큼 따뜻하였는가.

난 아직
인생 두 편도 쓰지 못했다네.

아름다운 사람아
그대는

인생 몇 편을 쓰고 계시는가.

2023. 12. 13.

보름달

님의 앞에
뒤에

오시는 길
좌에
가시는 길
우에

온통 사랑에 갇힌 날
밤

저 하늘에
어느새

보름달이 한창이네.

2023. 11. 21.

12월의 기도

지금 이 순간

지구에서
저 해를
저 달을
함께 보는 이들의

간절한 기도가
아름다운 사랑이
그 소망이

12월의 한날한시
동시에

기적처럼
이루어지게 하소서.

2023. 12. 25.

사랑의 기도

신(神)처럼
당신은

언제나
보는 것을 이기는 힘이옵니다.

당신은
날마다

하늘처럼
듣는 것도 이기는 성전(聖典)이옵니다.

당신은
오늘도

말씀이 없어
보고 들을 수 없으나

저 해와 달의 존재의 이유
그 옆에서

바람이 가는 곳마다

당신은
가슴으로 들어와

알지 못하는 것도
알게 하시고

볼 수 없는 것도
보이게 하여
아름다운 생각의 집을 짓사옵니다.

전쟁의 폐허
가난과 걱정
무기가 없어 공포로부터 자유로운
소녀의 기도를

사랑의 집으로
행복의 집으로

쉼없이
나르옵니다.

2023. 11. 26.

낙엽의 시(詩)

시 한 편인가

낙엽지는 숲속의
작은 오솔길에

낙엽은
떨어진 낙엽은 살아있다.

낙엽의 시처럼
시의 낙엽처럼
살다가 살다가
우리 돌아갈 때는

우리의 영혼도
잠든 옛사랑을 깨우는
낙엽의 추억
그 노래로 사랑하자.

나는 죽어

눈부신 초록의 봄날을 기약하는
우리의 아름다운 약속
그 언약 잊지말자고

낙엽은
떨어진 낙엽은 살아있다.

2023. 11. 4.

첫사랑의 집

난생
처음
가슴으로 확 들어와

사랑의 집이
짓고
짓다

끝내 못다 지은
그 집에

아름다운 소녀와
한 소년이

첫사랑의 집을 짓고
영원을 산다.

2023. 10. 29

사랑탑

늘
항상
언제나
사랑하옵니다.

2023. 12. 11

너

갈 때나 올 때나

하루에서
영원까지

너 하나 사랑하여
행복한 나를

2023. 11. 1.

첫눈의 사랑

첫눈은

한사람만 아는 그리움의 얼굴로 내려
그 사람만 아는 그리움의 이름으로 또 지워져

일생을 두고
하얀 첫눈이 되어 내린다.

2023. 10. 23.

189

인생 편지

이 세상에 사랑해야 할 사람이 얼마나 많은가.

사랑아
평생 사랑하자.

깨를 털면 알알이 쏟아지는 작은 행복들
그것들을 전부 주워
사랑에게 주자.

사랑아 우리
쉼없이 감사하자.

이 세상에 감사할 순간이 얼마나 많은가.

보고 듣고
말하는 그 찰나에
감사의 의미를 부여하자.
감사는
꼬리에 꼬리를 물고 줄지어 감사를 데려오는

신비한 마술이다.

사랑아 우리
숨쉬듯 기도하자.

천지에 널려있는 삼라만상(森羅萬象)이 생명이
볼 수 없는 것까지
모두 아름다운 기도의 대상이니
앉으나 서나 꿈속에서도
우리
기도하는 사람이 되자.

2023. 10. 24

가을 사랑

누군가를 그리워하라고
가을은
너무 예쁜 길을 내어줍니다.

이슬 맺힌 풀잎에
가을 사랑이
살포시 입술을 포개고

낙엽지고
시집가기 바쁜 나뭇잎마다
분주히 단풍드는 시간
때맞춰 달이 뜨고

가을은 또
누군가를 사랑하라고
아주 고운 숲도 내어줍니다.

꽃이 지고
마지막 가을꽃이 인사하는 곳으로

길 떠나는 나들이

길 위에
풀꽃 위로 시시로 떨어지는
가을의 전신(電信),
낙엽 밟는 소리에
작은 새 한 마리
사색의 정원에서 날아오르고

이 쓸쓸한 아름다움에
나는
가을의 사랑을 죄다 마실듯
맘껏 한가롭습니다.

2023. 10. 15.

삼층집

사랑 위에
감사의 집을 짓고
감사 위에
기도의 집을 지었습니다.

세상에 하나뿐인
그림 같은 집에서
사랑과 나는
날마다 행복하옵니다.

2023. 10. 15.

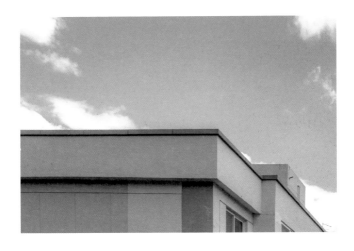

종이배

이 배는 파도를 헤치고
남해의 조그만 섬마을로 나를 데려다줄 것이다.

저 비행기는 구름을 뚫고
이국(異國)의 낯선 땅으로 나를 데려다 줄 것이다.

이 아주 작은 종이배는 세월을 건너
꿈같이 나를 너에게로 데려다 줄 것이다.

그 아름다운 날 우리의 사랑이 사르르 사르르 녹아
정(情)이 들 것이다.

2023. 1. 9

바람이 데리고 간 사람

늘 바람이 불고

가끔
그 남자가 너무 보고 싶다.

그러나 이제
그 남자는
바람이 그리는 이름이다.

늘 세월이 가고

종종
그 여자가 몹시 보고 싶다.

그러나 지금
그 여자는
바람이 그리는 얼굴이다.

이 세월만큼

그 남자의 그리움은
하늘로 가고
그 여자의 눈물은
바다로 갔을 것이다.

어제의 바람이
오늘의 바람이 아니듯

바람이 데리고 간
그 남자와
그 여자는

바람이 그리는 이름
바람이 그리는 얼굴로

정이 든 만큼
사랑한 만큼

바람이 영영
데리고 갔을 것이다.

2023. 10. 5

그 여자와 나

저 티 하나 없는
파란 하늘에

오로지 눈부신 태양
하나뿐이다.

그 여자는 내게
태양 같은
그런 사람이다.

이 맘 온전히 다 주고도
오히려 더 주고픈
그런 사람이다.

귀한 인연으로
동시대를 함께 사는

그 여자는 내게
달 같은 사람이다.

뭇 생명이 모두 잠이든 시간에
쓸쓸한 나의 꿈을
환히 비춰주는
유일한 사람

이 한몸 다 주어도
오히려 참회만 남는
그 여자는 내게
그런 사람이다.

그 여자의 기도는
그 여자의 사랑은
너무 아름답다.

그리하여
나의 삶도
날마다 아름다워진다.

2023. 10. 3.

가을의 시(詩)

이렇게 높고 푸른 하늘이 우리에게 온
10월에는
가을의 시를 쓰자.

저 달이 추억을 꺼내보는
지금
어디쯤에 풀벌레 소리
단잠을 깨우고

나뭇잎마다 단풍들고 낙엽지는
하도 쓸쓸한
그리움의 시간

이 나이 되도록 자연에게 바람에게
보고
듣고
배운대로
나는 간절히 사랑하였는가.

사랑의 기도
쉼없이 마음에 깔리는
10월에는
우리 가을의 시를 쓰자.

그리고

가을의 전설로 남을
무명 시인의
시 한 편
밤새워 읽자.

2023. 9. 18.

시인이 되자

이 가을엔
너나없이 시인이 되자.

세상에
단 한편뿐인
너의 시 나의 시를 쓰자.

별 흐르는 밤도
달빛 창가도
이 한잔의 술도
날 보러오라고
저리 우는 귀뚜리의 노래조차

하 쓸쓸하여 잠못드는 밤

땅에 듣는 빗소리도
텅빈 들녘도
가을을 읽다
남으로 가는 새의

마지막 울음조차

더 이상 가슴을 흔들지 못하여도

이 가을엔
너나없이 시인이 되자.

세상에
단 한편뿐인
너의 시 나의 시를 쓰자.

2022. 9. 16

백동에서

삼복중
섭씨 35도 폭염특보.

폭서에 지친 갈참나무
더운 그림자 떨군 채
움쩍달싹 못하고

바람이 그리운
심심한 고양이

빈 의자에
턱을 괴고 앉아
시색을 즐기다 조오는 정오.

남을 이는 남고
떠날 이는 떠난

단월의 백동지에
한 사람

망부석이 된 찌를 보는걸까
하염없이
일초씩 가는
시간을 낚는 걸까

바람이 살랑
찌를 건들대자
순간 힘차게 들어올려지는 낚시대.

세월을 낚았다
저 여인.

화들짝 놀란 고양이
달아나며 운다.

2022. 8. 16

시간의 수첩

심금을 울리는
전편에 잔잔한 감동이 깔리는

그러나 기억 저편에서
썰물로 빠졌나갔다가
다시 밀물처럼 밀려오는

소설의 영화 속의
주인공이 되려 애쓰지 말자.

절로 눈물나고
가슴을 치며 보는
드라마속의 주인공처럼
살려고도 용쓰지 말자.

그리하여 유명한
밀리언 작가를 그 감독을
부러워하지도 말자.

당신의 신께
한점 부끄럼없이
오늘을 살아내는 아름다운 당신은

시간의 수첩이라는 드라마에서는
세상이 부럽지 않는
멋진 주인공으로
매일 나오더라.

수많은 조연이 출연하는
당신의 드라마는

그리 길지도
너무 짧지도 않아
좋더라.

2022. 8. 18

삼시세끼

아침은
사랑을 먹고

점심은
행복을 먹고

저녁은
우정을 먹습니다.

새참은
웃음을 먹고

후식은 언제나
감사의 기도를 먹습니다.

그녀의
즐거운 만찬이 끝났습니다.

2022. 9. 15

208

시(詩)의 탄생

수많은 무명(無名)
유명 시인의 시의 페이지를 넘깁니다.
친애하는 그러나 간절한 시상(詩想)들이
말도 없이 다가와 손잡습니다.
나의 온 마음이
가부좌(跏趺坐)를 틀고
정좌하면
아주 예쁜 생각이 종종종
다정한 시어들을 데리고 와
전후좌우에 앉고
지금
최초의 최후의
한 편의 나의 詩가
인생노트에 쌓이는 중입니다.

2023. 4. 5

우리

그대와 나
우리

술이 익듯
맛있게 늙어 가자.

당신과 나
우리

주면 줄수록
베풀면 베풀수록 더 채워지는
신의 은총에 감사하며

지금껏
이 세상에서 본 아름다움 죄다
사랑 물들여
서로에게 아낌없이 주자.

저를 온전히 태워

작은 세상
환히 밝히는 저 촛불처럼

남은 인생
날마다
첫날처럼 살자.

2023. 10. 12.

가을의 기도

이 가을엔

계절의 풍성함을 두루 나누는 넉넉한 행복이게 하소서.

행복이 늘
나 아닌 다른 사람들을 위해
기도하게 하소서.

이 가을엔
병들고 가난한 사람들을 위한 기도가
기도로 끝나는 아름다움이 아니라
영원할 수 있도록
기도하게 하소서.

지치고 암울한 이들을 위한 사랑도
사랑으로 끝나는 아름다움이 아니라
영원할 수 있도록
간절히 기도하게 하소서.

이 영원함이
언제나

천번의 기도보다
만번의 사랑보다

한번의 행동으로
보여지게 하소서.

2023. 10. 11.

인사

산이 언제 하늘로만 치솟고 살았더냐.
멀찌감치 보면 산은 매일 느릿느릿 땅속으로
기어가고 있다.

머리가 발끝 쪽으로 눕는다.
눕힐 수만 있다면
끝까지 고개숙이는 것이 인사다.

하지만 왜 나는 산도 되지 못하고 산의 나무처럼
쑥쑥 크지도 못했을까요.

세월이 그랬을까요.

사랑이 제일 먼저 와서 인사하고 가장 늦게 갑니다.
이별은 가장 늦게 와서 인사하고 제일 먼저 갑니다.

당신께는 먼저 인사할께요.
내 사랑이니까.

2012. 1. 24

고전(古典) 읽기

십리도 채 못갔을 님 생각이
벌써 천리 밖
그리움이 되어 돌아오네.

들창을 차고 들어오는 바람이
저리 흔들리며
달빛 그림자
온갖 그림을 다 그리는데

이 밤사 귀뚤이는
또 어디에서 우는고.

한치 앞을 못 보는 사랑이
천리 밖 아름다운 이별을 세는
이 밤에

2023. 3. 20

215

오늘같이 기쁜날

이렇게 행복한 날은
사랑의 나무에
행복이 주렁주렁

이렇게 사랑하는 날은
행복의 나무에
사랑이 주렁주렁

이 모든 것을
당신에게 드리오니

나 오늘 이 세상에서
가장 행복한 사람

이 모든 것을
당신에게 다 드리오니

나 오늘 이 지구에서
가장 사랑하는 사람

오늘같이 기쁜 날은

너무 행복하여

너무나 사랑하여

절로 흐르는 천생(天生)의 눈물

2023. 3. 21

기적으로 오는 사람

그는
날마다 알라

그분의 가슴으로 세상을
사랑하옵니다.

그는
나의 기적이옵니다.

그녀는
밤낮 부처

그분의 마음으로 생명을
사랑하옵니다.

그녀도
나의 기적이옵니다.

그 사람은

여태 무교

그러나 그의 아름다운 신앙을
자랑하지 아니하옵니다.

그 사람도
나의 기적이옵니다.

당신은
오직 예수

그분의 사랑으로 사랑을
사랑하옵니다.

당신이 오늘도
나의 기적이옵니다.

2023. 3. 16

세 개의 화살

온 정신을 하나로 모아
첫번째 화살을 쏘았습니다.

사랑의 심장을 스치듯
아슬아슬 빗나갔습니다.

숨을 고르고 다시 쏜
두번째 화살은

기도 옆에
정확히 박히었습니다.

그러나 아무렇게나 쏜
세번째 화살이

그리움의 정중앙에
그대로 꽂히었습니다.

2023. 4. 7

미련

네가 가는 발자욱 소리를 좇아
네가 남긴 그림자 하나를 찾아

나도 모르게 그날 밤 그 자리에 와서
또 서성거렸네

세월도 모르고 빙글빙글 도는 이 그리움이
사랑일까

허망(虛妄)일까

차라리 미련일까

2012. 5. 30.

첫사랑1

빛으로 빛으로
사랑이 쏟아지던 날

그날
그날 첫사랑은
도저히 피할수 없는
갑자기 퍼붓는 소낙비처럼

천애(天涯)의 고아처럼
하늘과 땅에 날아다니고

한순간의 동동거림
두근두근 설레임으로
첫사랑 네가
바람처럼 내게 왔다 갔구나.

사랑은
첫사랑은

한사람이 한사람에게 준
세상에서 가장 길고 오래된 그리움

세월이 가고
날이 갈수록

한사람의 인생에
아름다운 고독이 되어
따뜻한 이름으로 산다.

2024. 3. 2.

첫사랑2

그해 여름
사랑과 나는
바람의 언덕에 앉아 있었네.

폭풍 전야의 고요가
무엇을 가져오는 줄도 모른 채
온 세상을 다 가진 사람처럼
눈멀어 사랑했네.

띄어쓰기 없이 쓴
너의 첫 편지는
나의 첫사랑의 편지는
내가 읽은
가장 아름다운 시였네.

새인 양
구름인 양
허공중에 뜬
나의 마음이 가슴이

가랑잎처럼 날아다녔네.

순간인가
찰나인가

나의 말 한마디가
너의 말 한마디가

이렇게 아픈
세월을 훑고

아주 오래
우리는
그리움이 나리는
폭풍의 언덕에 서 있었네.

2023. 4. 4

첫사랑3

우리
인연은

우연일가
필연일까

기다리지 않아도 오는
세월처럼
그렇게 순식간에 사랑으로 왔다
바람처럼 가서
일생 동안
그리움의 전설로 살아온다.

2024. 5. 18

불면증(不眠症)

잠이 오질 않아

잠을 잘 수도 없고

머리만 아프고 내가 너무 지쳤나봐요

피곤한 몸을 뉘이고 눈 감으면 생각은 다시 말똥말
똥 눈을 떠

그 생각을 접을 수만 있다면 고이 나래 접고 정말 쉬
고 싶어

내일을 위하여 오늘을 걱정하지 말라는 당신의 말씀
이 지금은

오히려 걱정이 돼

새벽엔 시간도 백미터 달리기를 하잖아요

난 트럭 운전수 내가 졸면

오늘 운전은 당신이 대리운전하실 거죠

2012. 5. 30.

이문안의 봄

이문안의 작은 연못 사이로 난 오솔길에는
지금 눈이 내리고
추억처럼 차곡차곡 내려 쌓입니다.

작은 사랑은 떠나고 큰 사랑이 오려나 봅니다.
사월을 노래하던 푸른 새들이 떠난 자리에는
다시 봄처럼 하얀 눈꽃이 피어납니다.

아주 머언 곳에서
기별도 없이 찾아 온 반가운 손님처럼 눈이 내리고
그만의 사랑으로 세상을 포근히 덮습니다.

함박눈처럼 다시 따뜻한 세상이 왔습니다.
나는 이문안의 설국(雪國)에서 또다시 태어나고 죽을
테니까
그의 봄을 제발 꺾지 마세요.

지금 이문안의 작은 연못 사이로 난 오솔길에는
천상의 음악처럼 소곤소곤 눈이 내리고

고대로 쌓여 눈부신 설경(雪景)입니다.

보세요 보이나요 눈꽃 사이로 아주 작은 생명들이
눈을 뜨고 있는 것을.

봄이 다 왔으니
그의 봄 그의 봄날은 다신 치우지 마세요.
사랑이 저만치서 오고 있잖아요.

2012. 2. 19.

보고 싶음에 대하여

이순(耳順)이 내일 모레인가.
오늘은 네가 너무
간절히 보고 싶다.

보고 싶음을 내 어쩌랴.
보고 싶음이 다
그런 것이다.

네가 간절히 내게 왔을 때는
내가 무심히 떠나고
내가 간절히 너를 찾았을 때
너는 무심히 스쳐가고

한 바퀴 도는 수레바퀴처럼
살다 가는 인생이

보고 싶어도 볼 수 없고
보고 싶어도 만날 수 없는

아주 먼 그러나 너무 가까이 있는
인연으로 살다 갈

그런 네가
오늘은 너무 보고 싶다 간절히.

2012. 4. 10.

부러진 화살대

쏘고 쏘고 쏘다
마지막 화살을 쏘기 직전
화살대가 부러졌습니다

어머니 어머니 어머니 난
당신의 그 부러진 화살대를 수리할 경황도 없이

그 어딘가에 떨어져 있을 나의 화살촉을 찾아
오늘도 또 찾고 찾아 무작정 헤매였습니다

어머니 어머니 한잔 술에
눈물꽃처럼 이리 흔한 나의 쓸쓸함은 어찌합니까

나의 화살은 행복에도 맞히지 못하고
여기저기에 떨어져 일상처럼 흔한 아주 작은 사랑

사랑 하나도 제대로 꿰뚫지 못하고
불행과 미움 이별같은 아픔에 적중(的中)해 버린 것을

232

지금에야 돌아와 혼자 내동이쳐버린 부러진 화살대
를 주섬주섬 찾아
외로이 이음하고 있습니다 어머니

어머니 어머니라는
희망이라는 나의 그 화살대를 찾아서

2012. 5. 26.

봄

세상에 천지간(天地間)에
남 몰 래

노오란 바람이 불면
개나리꽃이 활짝 핀다.

해마다 앓고 있는
첫사랑의 가슴앓이같이

지금쯤은

내 고향의 앞산에도
분홍빛 바람이 와서 아주 예쁘게
진달래꽃 피우고 있겠지.

달은 어쩌다 하얀 구름같이 지고마는
고요한 날 저녁나절

이 지구상에서 가장 아름다운

꽃들의 전쟁이 시작되었다.

그리고 그리고 그리워
네가 그리워서

아아 그 위를 철없이 날고 있는
저 한마리 초록 나비여!

2013. 3. 5.

사랑

저 낮달이 지고
저 해돋이 보면

난 기도했네.

지혈이 안 되는 정말 고독한
이국(異國)적인 나의 사랑.

꽃처럼 이쁜 그 사람은 금방
가슴으로 와서 또

늘 마음이네.

2013. 4. 28.

망년회 (忘年會)

오늘은 다 잊고자 했는데 잊지 못했습니다.
오늘은 정말 사랑하리라 했는데 그리 하지도 못했습니다.

꼭 내일은 하리라 맹세했지만

어쩌다 내 한 발자국이 먼저 생각하고
머리로는 지우곤 했습니다.

내가 받은 그 큰 사랑에 대한
보은(報恩)도 못하고

어물쩍 또
한해가 저물어만 갑니다.

2013. 12. 31.

인연

어느 계곡을 외로이
흘러흘러

내를 지나 잠깐
강가에서 엄청나게 헤매이다

끝끝내 단둘이 바다에서 만나는
구름같은 인연이란

초록비는 6월에
사랑처럼 내린다.

2014. 6. 21.

당신

사랑도 서러운데 오늘 당신은
내게 이별이라 말하네.

사랑만큼 오늘이 고마운
아름다운 이별도 내게 없다네.

2019. 1. 12

장미에게

당신은 날 얼마나 사랑했나요.
난 당신을 얼마나 사랑했을까요?
그해 여름 그리고 늦가을까지
그 붉으디 붉은 사랑 기억할게요.
사랑은 이별이 없는 종착역
오늘 담벼락 옆 장미잎이 아직 푸르네요.
사랑하면 다 그런 것 같아요.
그래요 사랑은 아침 기도 같아요
오늘 내일 그리고 일주일
한달 두달 그리하여 일년 아니면 평생
내 가슴 안의 사람
난 당신을 얼마나 미워했을까요?
당신은 또 나를 얼마나 미워했나요.

2019. 1. 26.

꽃

가장 낮은 곳에 임하소서.
가장 높은 곳에서
당신이 꽃피우게

가장 높은 곳에 임하소서.
가장 낮은 곳에서
나도 꽃피우게

2019. 2. 2

솟대

누구를 위한 간절한 기도일까

그리움을 아는 그대는
오늘도 사람처럼 서 있네.

누구를 위한 간절한 사랑일까

해질녘

눈물처럼
직선처럼

나도 나란히 그대 옆에
서 있네.

2019. 2. 9.

사랑

눈을 떠
첫걸음에
기도보다
가슴보다 먼저

당신을
생각했음으로

사랑이라

2019. 2. 13.

절정 (絕頂)

절대 건들지마 꽃이 피는 순간은
절대 건들지마 초록이 잠든 순간은
절대 건들지마 바람이 자는 순간을

2019. 9. 29.

3월에는

3월에는
누군가를 위해
간절히 기도하게 하소서.

3월에는
한사람만 몹시
사랑하게 하소서.

3월에는
하늘이 끝이 없음을 알고
두려워하게 하소서.

3월에는
대지의 품으로 다 돌아가는
겸손을 배우게 하소서.

3월에는
세상에서 가장 아름다운 언어로
하루를 살게 하소서.

2019. 3. 9

하루

오늘 하루의 안부를 묻네.
다 사랑이고 기도였을거라고

오늘 하루의 사랑을 묻네.
다 행복이고 축복였을거라고

너는 나의
나는 너의

아침 아니면 별 그도 아니면 달
꽃도 아니면 바람처럼 늘 그대 옆을
지켜내는 사람에게

고독 슬픔 아픔
아니면 눈물까지

그 사람에게 안부를 묻네.
다 어제이고 오늘이라는 것을

당신이 만약 달이라면
나 그대 옆에 가장 가까이서 빛나는
별이 되고 싶는 사람
여명의 순간 어느새 사그러지는
별이 될지라도

너는 나의
나는 너의

하루였음으로
기도였음으로
사랑였음으로

2019. 3. 4.

사랑 또 사랑 그래도 사랑

사랑하였습니다.

미워도 미워도 또 사랑하였습니다.

이별 앞에 바들바들 떨면서도 그래도 사랑하였습니다.

그리하여 아주 먼 훗날

바로 지금 사랑꽃이

활짝 피었습니다.

2019. 10. 4

248

안녕

사랑일거야 너무 아름다운
이별일거야 오늘 작별처럼

저 석양처럼 아름다운 그의 뒷모습이
손 사래를 치며 안녕이라 말하네

오늘이 사랑이야
오늘이 이별이야

안녕
그리고 다시 내일이라고

2019. 10. 10.

길

한참을 돌아 돌아 내려왔네.
그가 없으니
때론 내려가는 길을 잃었네.
가다 가다 보면
한길로 이어지는 길을 만나는 것을
길이 보이네.
그가 늘
옆에 있었네.

2019. 9. 13

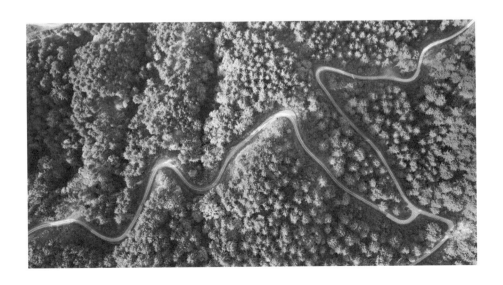

시 (詩)

이 세상에서 가장 빨리 벽에 왔다
이 세상에서 가장 늦게 벽에서 돌아선다.

노을비가 내린다.

2021. 11. 20.

오늘

어머니처럼 살게 하소서
아버지처럼 살게 하소서

아버지처럼 베풀게 하소서
어머니처럼 사랑하게 하소서

어머니처럼 울게 하소서
아버지처럼 고독하게 하소서

아버지처럼 꽃비가 되게 하소서
어머니처럼 웃게 하소서

어머니처럼 기도하게 하소서
아버지처럼 울게 하소서

그리하여 내일
아주 먼 훗날에도
나 그리 살게 하소서

오늘 밤은 백일홍이
부처님의 입술을 꼭 닮았네

2019. 10. 9

서시 (序詩)

초록을 한참을 서서 보고 있어
흔들리는 저 초록을 초록의 잎새를 난 본 거야
난 어쩌다 바람의 하루를 보고만 거야

그리하여 동주형이 왔다간 일본의
저 허허로론 북만주 벌판의 육사 형님도
오늘은 아주 쓸쓸하게 한순간에
보고 갔으니 난 오늘 오늘 하루를 다 본 거야

초록은 초록만큼
바람은 바람만큼만
오늘을 잘 산거야

난 늘 그래

사는 게 가끔은 미치겠어
초록이 초록에게 하는 이야기
바람이 바람에게 하는 사랑 고백을 난 아직도 모르
겠어

아침은 누군가를 위한 기도
다 나눌 수 있는 오늘 저녁

내 사랑은 늘 그래

저 허허로움의 옆에
기대어

2019. 10. 8.

시(詩)월은

시(詩)월은 아무에게나 꽃이다.
시(詩)월은 아무에게나 별이다.

아무에게나 단풍잎처럼 물들어

사랑이 되고
이별이 되고

눈이 있어도 귀로 듣는 아름다움을 모르니
때론 그 남자가 부럽네.

지금 그 여자는 낙엽처럼 자유로이
바람따라 헤매이네.

가장 구석진 낮은 곳에서
우리가 만나세.

2019. 10. 13.

혼(魂)자서

저 허허로운 들녘 가을걷이 끝난
한 복판의 허수아비는 혼자서
가을을 쓴다.

사람들이 소설을 쓰고
시를 쓴다.
뭇사람이 소설을 읽고
시를 읽다.

다 혼(魂)자서
가을을 쓴다.

2019. 10. 13.

257

낮달

거기 있었네.
초록이 흔들리는 곳에
안녕하고 누가 인사하네
거기 있었네
그리움처럼 아주 오랜 보고픔처럼
꽃이 핀다네
거기 있었네
낮달처럼
잘 사시오 안부를 전하기도 전에
하루가 하루가 가네
낮달은 저 푸르른 하늘의 하이얀 구름을
혼자 먹고 취해
거기 있다네
사랑이 거기에 있네
잊을뻔 했네
엊그제 낮달이
오늘 보름달로 떠 있어

2020. 3. 6.

꽃

봄 하늘 바람 사랑
사이
웃음 기쁨 기도 희망
사이
미움 이별 슬픔 아픔
사이
어제 그제 내일 모레
사이
꽃을 노래한 시인(詩人)과
가인(歌人)의 풍류는
누구의 응석일까

삶 죽음 시간 눈
사이
가을 여름 겨울 사이에
또 꽃

2020. 4. 14.

아아

갑진(甲辰)년 삼월
스무하루
저 하늘 나라에
어느 분의
최고의 경사가
있사옵기에
티 하나없이 텅빈 하늘이
오늘은 푸르다 못해
눈부신 쪽빛 경외(敬畏)이옵니다
볼수 없는 것과 보이지
않는 것의
저 경이로운 사랑을
그 신비로움을
아아
언제 또 볼수
있겠사옵니까

2024. 5. 17

사랑과 자비 (慈悲)

나비 한 마리는
수백년 수천년의 세월을
날아
꽃으로
꽃에게 가는 것이다

오롯이 사랑으로
서로 자비로움으로 가는
것이다.

별 하나는 수천년 수억년을
그대와 나 이 땅의
생명들을 위해서
밤을 새워 반짝이는
것이다.

오로지 간절함으로
서로 은혜로움으로
반짝이는 것이다.

하늘로 하늘로 날마다
치솟는 것은
다만 기도 뿐
땅으로 땅으로 가장 낮은
곳으로 내려와 앉는 것은

하나면서 전부이고
전부면서 하나인

사랑과 자비
서로 은혜로움이 끝끝내
이 세상에
남아

꽃 같이 아름답게
별처럼 반짝이며
서로에게 가는 것이다.

2024. 5. 21.

꽃

하늘과 땅 사이
기도와 사랑 사이

그 사이에
한 걸음마다 함께 살다가

보고 지운 아름다운
얼굴들이
해마다 꽃의 이름으로
눈부시게 핀다

2024. 5. 24.

꽃과 당신

1
어느 날

한눈에 쏙 들어온
당신은
빛의 요정
난 천사의 눈으로 당신을
봅니다.

이젠 날마다

한눈에 쏙 들어오는
당신은
색의 요정
난 천사의 맘으로 당신을
봅니다.

2
생(生)의 역경도

언제나 슬기로이 이기고
사는
꽃과 당신 그리고
나에게는
사랑의 거리는 없습니다.

아무리 먼-
지구촌의 이역만리(異域萬里)에
떨어뜨려도
우리 사랑은 간절히 서로
찾아갑니다.

3
그냥 좋아서 좋아서
날로달로 사랑하다 그
사랑에 온통 물들고
난 그만
당신의 지고지순(至高至純)의 정에
눈 멀었습니다.

꽃과 당신 그리고 난
하늘이 맺어준 천생연분

살다가 살다가
꽃이 지고 우리 생이
다하는 날
노을처럼 아름다웠던
사랑을
서로 위로하며
사랑주(酒)나 한잔
나눕시다.

2024. 5.

한 사람의 삶은 그리고 누구의 일생이든 기적이 아닌 삶은 없습니다.

시(詩)의 생명 또한 그렇습니다.

살다 보니 세상에 기적이 아닌 것은 하나도 없습니다.

캄캄한 밤이 가면 여명(黎明)에서 아침이 오고 꽃이 피고 바람이 불고 저마다의 일터로 가는 일도 어찌 보면 기적입니다. 인연이 다하면 또 새로운 인연이 웃으며 찾아옵니다. 이것도 기적입니다. 지금 살아 숨쉬는 것도, 보는 것도, 듣는 것도, 모두 기적입니다.

그러니 기적이 아닌 것은 세상에 하나도 없습니다.

시의 하루도 또한 그러합니다.

한 사람의 삶은 어느 누구의 일생이든 감사와 감동의 한 평생입니다.

시의 생명 또한 그렇습니다.

살아보니 이 세상에 감사할 일이, 감동을 주는 일들이 너무나 많습니다. 때때로 그 은혜로움으로 가슴이 벅차 펑펑 울기도 하고 절로 마음이 뜨거워져 한없이 감사의 주문을 외우기도 합니다.

시의 하루도 또한 그러합니다.

268

지난 3월 9일 내고향 홍천 퐁당퐁당 문화센터에서 열린 팬사인회는 두고두고 평생 감사할 일입니다.

보은을 늘 가슴속에 새기면서 더 감동이 닿는 시 더 힐링(healing)을 주는 시로 감사에 보답하겠습니다.

이 지면을 빌려 다시 한번 퐁당퐁당 문화센터 관계자 여러분과 너무 멋진 연주를 해주신 고고장구반 강사님과 두 연주자님 그리고 정열적으로 시 낭송을 해주신 분들과 늘 사랑 나의 다정한 벗들에게 생애 최고의 감사의 마음을 보냅니다.

여명의 시 제1집 『바람이 바람에게』, 제2집 『나는 부자이옵니다』에 이어 오는 8월 제3집 『바람과 그리움』이 출간됩니다.

이 모든 순간이 도서출판 행복에너지의 자랑스런 직원 여러분과 어려운 출판 여건에도 불구하고 동서남북 동분서주하시는 대한민국 열정의 사나이 존경하는 권선복 대표님 덕분입니다.

제 인생 최고의 찬사와 경의를 표합니다.

모두 덕분입니다. 너무 고맙습니다.

그리고 사랑합니다.

2024년 한여름에 **이한길**

더욱 더 사랑하겠다는
차분하면서도 강한 외침

권선복(도서출판 행복에너지 대표이사)

여명 이한길 시인의 정서는 '순수함'입니다. 그의 시는 특별한 사상을 기치(旗幟)로 내걸지도 않고, 교조(敎條) 적으로 타인을 가르치려고 하는 모습도 보이지 않습니다. 마음에서 우러나오는 다양한 정서를 꾸밈과 지어냄 없이 자연스럽게 풀어내는 모습에서 따스함을 느낄 수 있습니다. 그의 시는 구체적인 기쁨과 슬픔, 행복과 고통을 이야기하지 않지만 항상 깊은 감정이 흘러넘치고 있으며, 그 감정의 근원에는 '사랑'과 '고독'이 있다는 것이 시를 읽으면 읽을수록 느껴집니다.

이한길 시인은 2023년 6월 첫 시집 『바람이 바람에게』를 출간하여 단아하면서도 과장되지 않은 아름다움이 느껴지는 시어의 사용, 인생과 자연에 대한 깊은 성찰을 보여주었습니다. 또한 같은 해 11월에는 제2집 『나는 부자이옵니다』를 출간하면서 사랑의 본질을 탐구하고, 진정한 사랑이란 어떠한 뜨거움과 방향성을 가져야만 하는지에 대해 끊임없이 고민하는 모습을 보여주었습니다. 이렇게 한 해에 두 권의 시집을 내놓는 열정으로도 모자라 약 8개월이 지난 지금 제3집 『바람과 그리움』을 발간하는 시인의 열정에 큰 감탄을 느낍니다.

시인의 이번 제3집 『바람과 그리움』은 시인이 끊임없이 천착해 온 사랑이라는 감정에 대한 탐구를 더더욱 절실하고 깊이 있는 언어로 드러내고 있습니다. 단순히 철학적이나 종교적인 의미에서의 사랑도, 자신의 글을 치장하기 위해서 입에 담는 사랑도 아닌, 태어난 이상 필연적으로 고독할 수밖에 없는 한 인간으로서 처절할 정도로 절실하면서도 자연스럽게 외치는 사랑에 대한 갈망과 더욱 사랑하겠다는 다짐이 시구 하나하나마다 담겨 읽는 이의 마음에 잔잔하면서도 확실한 공감의 파문을 만들어낼 것입니다.

때로는 내면에서 샘솟는 시어들을 그대로 퍼올려서 쫙 펼쳐 놓은 듯한 순수함을, 때로는 속세의 모든 것에서 벗어난 듯한 고고함을, 때로는 사람에 대한 뜨거운 사랑을 이야기하는 이한길 시인의 시는 거대한 피로사회, 갈등 사회 속에서 정신이 메마르고 오염되어 가는 우리들에게 가슴속 한 줄기 빛을 선사해 줄 것입니다.

271

긍정의 힘

권선복

우리 마음에 긍정의 힘을 심는다면

힘겹고 고된 길 가더라도 두렵지 않습니다.

그 어떤 아픔과 절망이 밀려오더라도

긍정의 힘이 버팀목이 되어 줄 것입니다.

지금 당신에게 드리겠습니다.

열린 마음으로 받아들일 수 있는 긍정의 힘.

두 팔 활짝 벌려 받아주세요.

당신의 마음에 심어진 긍정의 힘이

행복에너지로 무럭무럭 자랄 것입니다.

행복을 부르는 주문

권선복

이 땅에 내가 태어난 것도

당신을 만나게 된 것도

참으로 귀한 인연입니다

우리의 삶 모든 것은

마법보다 신기합니다

주문을 외워보세요

나는 행복하다고

정말로 행복하다고

스스로에게 마법을 걸어 보세요

정말로 행복해질 것입니다

아름다운 우리 인생에

행복에너지 전파하는 삶 만들어 나가요

아름다운 사람

권선복

아름다운 사람이 되고 싶습니다

내가 말한 말 한마디에

모두가 빙그레 미소 지을 수 있는 힘을 가진

아름다운 사람이 되고 싶습니다.

내가 보인 작은 베풂에

모두가 행복해할 수 있는

선한 영향력을 가진

아름다운 사람이 되고 싶습니다.

말보다 행동보다

모두에게 진정으로 내보일 수 있는

아이 같은 순수함을 지닌

아름다운 사람이 되고 싶습니다.

인생은 복습

권선복

삶에 있어 예습은 무용지물입니다.

인생은 누가 더 복습을

철저히 했느냐로 판가름 나지요.

미래는 확인할 수 없지만

자신만의 무늬가 또렷이 새겨진 과거는

늘 확인할 수 있기 때문입니다.

틀린 곳을 제대로 되짚지 않는 한,

어제와 다른 내일이란 존재할 수 없음을

오늘 마음 깊이 새겨봅니다.

'행복에너지'의 해피 대한민국 프로젝트!

<모교 책 보내기 운동> <군부대 책 보내기 운동>

한 권의 책은 한 사람의 인생을 바꾸는 힘을 가지고 있습니다. 한 사람의 인생이 바뀌면 한 나라의 국운이 바뀝니다. 그럼에도 불구하고 많은 학교의 도서관이 가난하며 나라를 지키는 군인들은 사회와 단절되어 자기계발을 하기 어렵습니다. 저희 행복에너지에서는 베스트셀러와 각종 기관에서 우수도서로 선정된 도서를 중심으로 <모교 책 보내기 운동>과 <군부대 책 보내기 운동>을 펼치고 있습니다. 책을 제공해 주시면 수요기관에서 감사장과 함께 기부금 영수증을 받을 수 있어 좋은 일에 따르는 적절한 세액 공제의 혜택도 뒤따르게 됩니다. 대한민국의 미래, 젊은이들에게 좋은 책을 보내주십시오. 독자 여러분의 자랑스러운 모교와 군부대에 보내진 한 권의 책은 더 크게 성장할 대한민국의 발판이 될 것입니다.

'긍정훈련' 당신의 삶을 행복으로 인도할 최고의, 최후의 '멘토'

하루 5분, 나를 바꾸는 긍정훈련

행복에너지

권선복 지음

행복을 위해, 성공을 위해
'하루 5분 긍정'을 훈련하라!

NAVER 선정
베스트
셀러

NAVER 선정
**베스트
셀러**

동의보감에서 쏙쏙 뽑은

허준할매 건강 솔루션

최정원 지음

YouTube 스타, 33만 구독자
최정원 한의학박사
약초, 뜸, 지압

YouTube
구독자
65만명